KB078169

먹을수록 강해지는
폭식투수

먹을수록 강해지는 폭식투수 2

키르슈 현대 판타지 소설

초판 1쇄 찍은 날 § 2020년 7월 24일
초판 1쇄 펴낸 날 § 2020년 7월 31일

지은이 § 키르슈
펴낸이 § 서경석

편집책임 § 김예슬
디자인 § 공간42

펴낸곳 § 도서출판 청어람
등록번호 § 제387-1999-000006호
등록일자 § 1999. 5. 31
어람번호 § 제1-3073호

주소 § 경기도 부천시 부일로 483번길 40 서경B/D 3F (우) 14640
전화 § 032-656-4452 팩스 § 032-656-4453
http://www.chungeoram.com
E-mail § chungeorambook@daum.net

ISBN 979-11-04-92228-2 04810
ISBN 979-11-04-92226-8 (세트)

먹을수록 강해지는 폭식투수 2

키르슈 현대 판타지 소설

MODERN FANTASTIC STORY

도서출판 청어람

먹을수록 강해지는
폭식투수

목차

화끈한 축포를 터뜨려라

콧노래를 흥얼거리면서 집안 구석구석을 청소하는 꼴이 못마땅했다.

영호는 발로 식탁 의자를 툭툭 치면서 구시렁거렸다.

"그게 그렇게 좋냐?"

"그럼 좋죠. 안 좋을까요?"

드디어 다음 경기에 선발로 출전하는 걸 허가받았다.

현재 팀의 선발진과 불펜진 모두 상황이 좋지 않은 건 알고 있었다.

지금 5할 승률도 간당간당한 마당이라 분위기도 좋지 않았다.

"그것참. 이런 놈 경기는 왜 보고 싶다고 하는 건지."

"그건 무슨 말입니까?"

"아무것도 아니야."

"에이. 누가 경기를 보고 싶어 하니까 그러는 거 아닙니까?"

자신도 모르게 혼잣말을 중얼거린 영호는 상진의 물음에 아차 싶었다.

하지만 이미 사냥개는 사냥감을 물어 버린 후였다.

표정을 보아하니 놓아줄 생각도 없어 보였다.

"몰라도 된다니까."

퉁명스럽게 대꾸하면서 영호는 짐짓 모르는 척 상진을 외면했다.

그런데 뭔가 기묘한 기분이 들어서 다시 고개를 돌려 보니 십자가를 들고 있는 상진이 눈에 들어왔다.

"뭐 하냐?"

"저승사자 퇴치 좀 해 보고 있습니다."

"어디서 근본도 없는 서양 문물을 들이대는 거냐!"

저승사자 입장에서는 기가 막히고 코가 막힐 일이었다.

영호는 어처구니없다는 표정을 지으면서 자신에게 십자가를 들이대는 상진을 바라봤다.

"별로 효과가 없나? 하늘에 계신 우리 아버지시여."

이제는 성경을 들고 주기도문까지 외우고 있다.

영호는 어처구니없음을 넘어서서 별 해괴한 짓거리를 다 본다는 표정이 됐다.

"차라리 양파하고 마늘을 들이대든가 해라."

"…설마 그런 거 좋아해요?"

"없어서 못 먹을 정도지."

"나 먹을 것도 부족해서 못 줘요."

"별 효과도 없는 거 들이대지 말고 내려놔라. 시답잖은 소리도 그만하고."

상진은 혹시나 해서 준비했던 십자가와 성경이 별 소용이 없자 휙 집어 던지고는 영호의 맞은편에 앉았다.

자신을 바라보는 눈빛이 아까 했던 질문의 대답을 요구한다는 걸 알아챈 영호는 한숨을 내쉬며 짜증스러운 얼굴이 됐다.

"저승사자 중 몇 명이 너한테 관심 있다는 건 예전에 얘기했지?"

"야구에 관심 있는 저승사자라고 했잖아요."

"그놈들이 네가 선발로 뛰는 경기에 관심 있다고 해서 그런가. 아마 네 경기를 보러 가지 않을까 싶은데."

그 말에 상진은 어처구니가 없다는 표정을 지었다.

살다 살다가 이런 이야기는 처음 들어 봤다.

아니, 들어볼 수도 없지 않았을까.

"저승사자가 야구 경기를 직관하러 온다고요?"

"그래. 정확하게는 충청 호크스의 팬인 저승사자라고 해야겠지?"

"…일 안 해요?"

"저녁 6시 반이면 일하기 전 시간이니까. 인간으로 따지면 아침 드라마 보고 출근하는 거라고 할까?"

그렇게까지 말하니까 뭔가 할 말이 없었다.

생각해 보면 저승사자에게 저녁은 새벽이나 다름없을 테니까.

정작 궁금한 건 따로 있었다.

"경기장에 돈은 내고 들어오는 겁니까?"

"그냥 들어갈 수도 있는데."

"자리 차지하려면 티켓 사서 들어와요. 불법 침입으로 확 신고해 버릴라."

"거, 야박한 거 아니냐?"

영혼을 다루는 저승사자들은 일반인들의 눈에 보이지 않게 할 수도 있었다.

물론 황금 돼지를 처먹은 영향으로 보이는 이 빌어먹을 야구쟁이는 제외하고 말이다.

영호는 속으로 투덜거리면서 품을 뒤적거리더니 뭔가를 보여 줬다.

"예약표다. 딱 네놈이 출전한다고 하는 날짜로 맞춰서 해 놨다. 불만 있냐?"

"어이구. 호갱… 아니지. 고객님, 티켓을 구매하셨으면 바로 얘기하셨어야죠."

"시끄러워. 어쨌든 난 티켓을 샀으니 구박당할 일은 없다."

"예이, 예이. 알아서 모시죠."

티켓을 자랑하면서 의기양양해하는 영호에게 퉁명스럽게 대꾸하던 상진은 닭가슴살샐러드를 먹다가 흠칫 놀랐다.

그리고 고개를 돌려서 탁자에 놓여 있는 티켓을 들어 뚫어져라 바라봤다.

그걸 보던 영호는 손을 뻗어 닭가슴살을 하나 집어 먹으며 슬쩍 물었다.

"그런데 포수 뒤쪽 좌석은 좋은 데냐?"

"우라질. 공 던질 때마다 이 얼굴을 보면서 던져야 하는 거냐고!"

*　　　*　　　*

「선발로 전환하는 호크스의 이상진, 예상 성적은?」

「이상진, 무너진 충청 호크스를 일으킬 수 있을까」

「무려 1,878일 만에 선발로 출전하는 이상진」

스포츠 언론들은 가십거리를 참 좋아한다.

그리고 다음으로 좋아하는 게 스토리텔링이다.

이를 테면 광주 내셔널스와 대구 스타즈의 영남 호남 라이벌이라든가.

호크스와 드래곤즈의 독 파이트 더비라든가.

하지만 그 무엇보다도 나락으로 떨어졌던 선수가 다시 실력을 되찾고 성공을 거두는 언더독 스토리만큼 인기 있는 건 없었다.

"와! 이상진 선수! 사인해 주세요!"

"저도요! 저도 해 주세요!"

이상진은 늘 그렇듯 팬서비스에 박하지 않았다.

오히려 과하다면 과한 편이었다.

이건 전부 부상 시절에 겪었던 일 때문이었다.

기대받는 유망주로 인기를 끌었던 상진은 부상 이후 사인을 해 달라는 팬들이 급감하는 일을 겪어야 했다.

"이상진! 이상진!"

"꺄아! 오빠!"

오빠라는 외침과 함께 이상진은 사인을 하다가 웃는 얼굴로 휘청거렸다.

갑자기 여성 팬 한 명이 쳐 놓은 가이드라인을 넘어와서 그에게 달려온 것이었다.

구장 경비원들이 달려와서 팬을 떼어 놓기는 했지만, 요새 급상승한 이상진의 인기를 실감할 수 있는 광경이기도 했다.

계속 사인을 하던 상진은 구단 직원이 다가와서 이제 들어가야 한다고 전하자 손을 번쩍 들었다.

"찾아와 주신 팬 여러분! 제가 잠시 드릴 말이 있습니다!"

잠깐이나마 왁자지껄 떠들던 사람들이 조용해졌다.

상진은 주위를 둘러보며 여전히 웃는 얼굴로 말했다.

"오늘은 제가 선발로 던지는 중요한 날입니다. 더 사인을 해 드리다가는 제가 팔이 빠져서 못 해 드리는 불상사가 벌어질지도 모르겠네요."

농담조의 말에 사람들 중 몇몇이 쿡쿡거리며 웃음을 터뜨렸다.

상진도 활짝 웃는 얼굴로 고개를 숙이면서 왼손을 쫙 펴 보였다.

"딱 다섯 분만 더 해 드리고 가겠습니다."

"저요! 저 해 주세요!"

"저도 해 주세요!"

순간적으로 벌어진 일에 군중들이 부풀어 오르듯 상진을 향해 몰려나왔다.

구장 경비원들과 함께 사람들을 막던 경호업체 직원들도 비지땀을 흘려야 했다.

"자자! 지금 못 해 드려도 나중에 오시면 해 드립니다! 그리고 오늘 경기가 끝나고 시간이 남으면 또 해 드릴게요. 날이면 날마다 오는 건 아니지만, 가능하면 시간을 내서 꼭 해 드리겠습니다! 오늘 와주신 분들께 정말 감사드리고, 지금 못 받으시는 분들은 정말 죄송합니다!"

이렇게 외치며 얼른 다섯 명에게 사인을 해 준 상진은 구장 안으로 들어왔다.

안으로 들어온 상진은 더그아웃에서 기다리고 있던 동료들을 발견하고 피식 웃었다.

특히나 웃으면서 반겨 주는 인재가 자신을 뚫어져라 바라보자 장난기가 동하기도 했다.

"뭘 그렇게 봅니까?"

"신기해서 그런다. 이놈은 용이라니까, 용."

"나 똥 싸는 거 가지고 비꼬는 건 아니죠?"
"설마 그러겠냐. 구단 화장실을 전부 막아 놓는다고 해서 내가 그걸 까려고 일부러 이러겠냐."
인재의 농담에 그냥 어깨를 으쓱거리고는 옆에 있는 의자에 앉았다.
상진의 손은 가늘게 떨리고 있었다.
"긴장했냐?"
기사에서도 나왔듯이 1,878일 만에 선발로 마운드에 올라가게 됐다.
긴장하지 않는 게 오히려 이상할 정도였다.
롱 릴리프로서 중간 계투로 올라가는 것과는 기분 자체가 달랐다.
"조금은 긴장되네요."
"너 긴장하는 모습도 참 오랜만에 본다. 그동안은 이러는 거 본 적이 없었는데."
그러고 보니 긴장해 보는 것도 참 오랜만이었다.
입안이 바짝바짝 말라 왔고 왠지 불안하면서도 조금 흥분되기도 했다.
무엇보다 다음에 이어진 인재의 말에 상진 스스로도 충격을 받았다.
"긴장하니까 먹을 거 생각도 안 나나 보네?"
"어? 그러네?"
그 말대로 상진은 들어오면서 아무것도 먹지 않았다.

평소대로라면 늘 먹을 걸 입에 달고 다녔을 텐데, 지금은 아무것도 쥐고 있지 않았다.

"으휴. 얼마나 긴장했으면 이러는 거냐?"

"저도 몰라요."

뒤늦게 기억해 낸 상진은 가방에 담아온 스포츠 음료를 꺼내 목을 축였다.

그리고 삶은 계란을 꺼내서 입에 베어 물었다.

우물거리면서 이것저것 먹던 상진은 문득 시스템이 기억났다.

[사용자: 이상진]

[현재 상태]

—체력: 66 / 100

—제구력: 84 / 100

—최고 구속: 시속 148킬로미터

—평균 회전수: 2,274RPM

—보유 구종: 포심 패스트볼(A), 커브(B), 슬라이더(B), 체인지업(B), 투심 패스트볼(B)

—보유 스킬: 먹어서 남 주냐, 먹을 때는 개도 안 건드린다

—남은 코인: 31

지난번에 사용한 이후로 코인을 차곡차곡 모아 둬서 커다란 변동은 없었다.

그나마 계속 트레드밀로 스태미나를 늘리는 훈련을 해서 그런지, 체력 수치가 꽤 올라 있었다.

'선발로 올라가게 됐는데 기념으로 팍팍 써 봐?'

우선 10점만 써 봤다.

그 결과 오른 건 체력 4, 구속 2, 회전수 63이었다.

딱히 만족스럽지 않은 결과에 상진은 인상을 썼다.

이제 경기 시작 시간까지 남은 시간은 30분가량.

몸을 풀 겸 캐치볼을 하면서 상진은 계속 코인을 사용했다.

[구속이 1 올랐습니다.]

[회전수가 11 올랐습니다.]

[회전수가 9 올랐습니다.]

[체력이 1 올랐습니다.]

[체력이 1 올랐습니다.]

여전히 만족스럽지 않은 메시지들만 계속 튀어나왔다.

캐치볼을 하면서 점점 얼굴이 굳어지던 상진은 순간 나온 메시지에 당황하며 날아온 공을 놓치고 말았다.

"뭐 하냐?"

"아, 미안 미안."

공을 주워서 다시 캐치볼을 재개한 상진의 얼굴은 살짝 붉게 상기되어 있었다.

마지막에 뜬 메시지는 말 그대로 가슴을 두근거리게 만드는 문구였다.

*　　　*　　　*

—근래 충청 호크스가 국내 투수들로 꾸린 토종 선발진이 붕괴했습니다.

—한현덕 감독으로서는 고민이 많을 텐데요. 이번에 선발진으로 투입했던 김신욱, 김신우, 김성운 선수 모두 썩 좋지 않은 성적을 거뒀습니다.

—결국 중간 계투진에서 롱 릴리프로 좋은 성적을 거두고 있던 이상진 선수와 장인재 선수가 선발로 투입되는 게 결정됐는데, 오늘 어떤 모습을 보여 줄지 기대됩니다.

드디어 선발로 마운드에 올랐다.

경기가 시작하기 전의 부산스러움과 관중들의 환호성.

그리고 무엇보다 마운드가 자기 자신만을 위해 준비된 자리 같아서 너무 마음에 들었다.

'아직 만족할 수는 없지.'

감독님은 오늘 6이닝을 버텨 달라는 주문을 해 왔다.

하지만 어디 6이닝만 틀어막고 내려가는 데 만족할 선수겠는가.

늘 그렇듯 공격적인 피칭을 하고 더욱 많은 타자를 잡아먹을 생각에 여념이 없었다.

경기 시작을 알리는 신호와 함께 상진은 마운드에서 살짝 자세를 낮추고 사인을 받았다.

여느 때보다 신중한 태도였다.

드디어 선발로 뛰게 됐다는 희열과 약간의 흥분, 그리고 적당한 긴장이 상진의 컨디션을 최고조로 끌어 올리고 있었다.

"스트라이크!"

첫 공이 스트라이크존에 들어갔다.

그리고 전광판을 본 관중들은 물론, 상대 팀인 대구 스타즈의 선수단 역시 황당하다는 표정을 지었다.

"뭐야?"

"진짜야?"

[149㎞/h]

이상진의 손에서 나온 공은 더욱 빨라져 있었다.

공을 받는 재환은 어처구니없는 표정을 지으며 재빠르게 손짓을 했다.

'야! 처음부터 전력투구하지 마! 조절해!'

하지만 페이스를 늦추라는 사인을 보냈음에도 상진은 망설이지 않고 다시 공을 던졌다.

빠르게 날아가다가 끝에서 살짝 휜 투심 패스트볼은 다시 타자의 배트 아래쪽을 지나쳤다.

"스트라이크!"

투 스트라이크.

이번에 던진 투심 패스트볼의 구속은 141킬로미터였다.

그립을 다시 바꿔 쥔 상진은 망설이지 않고 3구째를 던졌다.

공은 타자의 배트 따위는 아랑곳하지 않고 포수 미트를 향해 달려들었다.

"스트라이크아웃!"

상진은 전광판을 돌아봤다.

함께 전광판을 봤던 관중들의 환호성이 터져 나왔다.

상진은 씩 웃으며 다시 고개를 돌려 포수 최재환을 보며 엄지손가락을 세워 보였다.

[150km/h]

더욱 빨라진 패스트볼의 구속은 그날 경기를 여는 화려한 축포였다.

선발로 마운드에 오르는 것과 불펜으로 마운드에 오르는 것.

그건 마음가짐에서부터 차이가 있었다.

그림을 처음부터 자기 마음대로 그리는 것과 다른 사람이 그림을 그리던 걸 받아서 이어 그리는 것에 비유할 수 있다.

"투수라면 누구나 선발로 마운드에 서는 걸 꿈꾸지 않을까요?"

어떤 투수라도 선발에 대해 물으면 이런 대답을 할 것이다.

공을 던지는 투수에게 있어서 경기의 처음을 여는 선발과 끝내는 마무리가 가장 매력적인 위치였다.

무엇이든지 시작과 끝을 장식하는 일이 가장 매력적이다.

그리고 상진도 똑같은 생각이었다.

지금 마음을 뭐라고 표현해야 좋을지 알 수 없었다.

그래도 지금 무엇을 해야 하는지는 잘 알고 있었다.

"스트라이크! 타자 아웃!"

세 타자를 연속 삼진으로 돌려세운 상진은 담담한 얼굴로 마운드에서 내려갔다.

9구로 삼진 세 개를 잡아내는 솜씨도 솜씨였지만, 재환은 상진의 얼굴을 보고 오싹해졌다.

지난번에 집중할 때도 살짝 무섭다는 생각이 들었었다.

하지만 오늘은 더욱 집중하고 있는 듯했다.

"상지……."

"쉿, 조용히 해. 부르지 마."

이미 경험 많은 코칭스태프들은 상진을 건드리지 않았다.

상진은 계란을 꺼내 스포츠 음료와 함께 먹으면서 뭔가 중얼거리고 있었다.

뭐를 그렇게 구시렁대는지 궁금했던 송신우는 조심스럽게 옆으로 다가갔다.

"다음 타자는 떨어지는 공에 삼진을 잘 당하고 배드볼 히터. 바깥쪽 공 타율이 4할에 가까울 정도로 대처가 좋고 옆으로 휘어지는 공에 잘 안 속지."

순간 소름이 돋았다.

옆에서 함께 엿들으려고 다가왔던 인재 역시 두 눈을 동그랗게 뜨고 옆에 있는 코치와 눈을 마주했다.

지금 상진이 읊고 있는 건 다음 타석에 올라올 타자들의 데이터였다.

그동안 투수조 미팅을 하면서 데이터를 같이 분석하면서 상진이 가지고 있는 데이터가 상당하고 폭넓단 사실은 이미 알고 있었다.

그런데 이 모든 데이터를 머릿속에 넣고 있을 줄은 몰랐다.

"뭘 저렇게 중얼거리고 있는 거지?"

송신우 코치가 다시 더그아웃 앞쪽으로 돌아오자 한현덕 감독이 은근슬쩍 물었다.

"선수들의 데이터입니다."

"선수들? 누구? 상대 팀?"

코치가 고개를 끄덕이자 감독 역시 놀랍다는 눈으로 상진을 돌아보고는 피식 웃었다.

어제 전력 분석 팀에서 오늘 붙을 대구 스타즈의 데이터를 상진에게 대량으로 건네줬다는 이야기는 이미 들었다.

평소에도 머릿속에 넣어 두고 있었겠지만, 최신 데이터까지 머릿속에 넣어 뒀을까 생각했었다.

그런데 괜한 걱정이었던 모양이었다.

"이제 4번 타자부터군."

충청 호크스의 1회 말 공격이 끝나며 이제 2회가 됐다.

팔이 식지 않도록 입고 있던 점퍼를 벗어 던진 상진이 자리에서 일어섰다.

여전히 진지했고 웃음기 하나 띠지 않은 얼굴이었다.

함께 그라운드로 나가던 재환이 상진을 툭툭 치면서 말했다.

"인마, 긴장 좀 풀어."

"긴장한 거 아니에요."

"그러면 뭔데? 얼굴 잔뜩 굳어서는."

그 말에 굳이 대꾸하지는 않았다.

사냥꾼은 사냥감을 대할 때 아래로 보면 안 된다.

어느 타자나 마찬가지지만, 한순간이라도 틈을 보이면 그들은 투수의 목을 물어뜯고 역으로 사냥하려고 든다.

마운드에 선 상진은 조용히 타석에 있는 대구 스타즈의 외국인 타자, 코틀랜드를 노려봤다.

[일찍 일어나는 새가 먹이도 많이 잡는다.]

아까 얻은 스킬의 이름이었다.

코인을 사용해서 랜덤하게 능력치를 얻다 보면 언제나 그렇듯 일정 확률로 튀어나왔다.

그리고 언제나 그렇듯 괴상한 설명도 붙어 있었다.

—좋은 꿈 꾸셨나요? 언제나 일찍 일어나는 당신은 부지런하고 누구보다 성실한 성격! 누구보다 먼저 마운드에 오르는 당신의 능력치를 10퍼센트 올려 드립니다! 써 보세요! 써 보시면 효과 만점임을 느끼실 수 있습니다!

누군지는 몰라도 이걸 만든 인간은 저승에서 홈쇼핑을 담당하고 있을 것만 같았다.

그래도 효과 자체는 나쁘지 않았다.

체력부터 구속, 구위에 던질 수 있는 구종들의 위력이 전부 올라갔다.

심지어 투심 패스트볼은 C등급에서 B등급으로 올라가기까지 했다.

컨디션이 좋은 데다가 그걸 시스템에서 직접 수치로 보여 주니 더욱 자신감이 생겨났다.

'오늘은 할 수 있다.'

상진은 다시 한번 선발로서의 각오를 다지며 공을 움켜쥐었다.

오늘따라 실밥의 감촉이 너무 기분 좋았다.

* * *

상진은 구슬땀을 손등으로 훑어내며 다시 타석에 있는 타자에게 집중했다.

1회를 9구로 넘긴 상진은 3회까지 투구 수 38개, 피안타 1개로 버텨냈다.

그리고 이제 4회.

[일찍 일어나는 새가 먹이도 많이 잡는다, 스킬의 효과가 끝났습니다.]

3회까지 유지되던 스킬의 효과가 끝났다.

하지만 상진의 기세는 여전했다.

문제는 상진이 아니었다.

딱!

땅볼로 굴러간 공을 캐치한 오선준이 발을 삐끗하며 1루수에게 공을 던질 타이밍을 놓쳤다.

수비가 흔들리고 있었다.

주전 유격수인 하주식의 수비 범위와 캐치 능력은 고등학생 시절에 메이저에서 눈독을 들일 정도로 발군이었다.

콘택트이나 선구안에서는 좋은 평가를 받지 못했어도 주전 유격수가 됐던 건 그만한 수비 능력이 뒷받침되어서였다.

'선준이가 수비 능력이 떨어지는 건 아니지만.'

가끔은 이런 실책을 종종 하곤 했다.

물론 유격수가 센터라인으로 수비 능력이 매우 중요하고 내야 백업 멤버인 선준에게 크게 기대하는 건 아니었다.

그래도 십자인대 파열로 이탈한 주식의 빈자리가 살짝 아쉬웠다.

상진은 선준을 향해 괜찮다는 손짓을 해 보이고는 1루에 있는 주자를 흘끗 바라봤다.

타석에 선 3번 타자 이현석은 그런 상진의 모습을 보면서 속으로 구시렁거렸다.

'주자에 관심이 있고 나는 관심이 없다 이거냐?'

상진에 대해서는 이미 전력 분석 팀을 통해서 많은 분석이 이루어졌다.

구종은 투심 패스트볼까지 포함해서 5가지.

초구는 거의 대부분이 스트라이크존 안으로 들어오고 두 번째도 웬만해선 스트라이크를 집어넣는 공격적인 투수였다.

딱!

"파울!"

살짝 바깥으로 빠지는 슬라이더에 배트를 냈던 현석은 파울라인 바깥쪽으로 빠지는 공에 얼굴을 찌푸렸다.

조금만 더 당겨 쳤으면 1루 파울라인 안쪽으로 뻗는 안타가 됐을지도 모른다.

아쉬움을 뒤로하려던 현석은 살짝 당황하며 배트를 쥔 손에 힘을 주었다.

'아차! 투구 사이의 텀을 짧게 가져가는 놈이었지!'

어느새 두 번째 공을 던지려는 상진을 보며 배트를 내려다가 흠칫 놀랐다.

이번에 들어오는 공이 바깥쪽으로 휘어져서 빠지는 슬라이더 같았다.

그런데 이번에는 슬라이더가 아니라 패스트볼이었다.

스트라이크존 바깥쪽에 꽂히는 공에 다시 인상을 찌푸린 현석은 단단히 마음의 준비를 하며 기다렸다.

"스트라이크! 아웃!"

하지만 세 번째 공도 어쩔 도리가 없었다.

현석은 마지막에 들어온 체인지업이 뚝 떨어지자 그만 헛스윙을 해 버렸다.

"이런 쓰벌."

현석은 짜증스러운 얼굴로 타석에서 내려왔다.

여전히 예측이 불가능한 투구였다.

올해 들어서 구속이 오른 영향인지 패스트볼을 적극적으로 던지고 있었다.

주무기에 빨라지고 위력적인 패스트볼이 섞이니 작년보다 몇 배 이상은 까다로워져 있었다.

하지만 상진은 여전히 진지하고 담담한 얼굴이었다.

'의식하면 안 된다. 타자에 집중하자. 타자를 잡아먹는 데 집중해야지. 절대로 관중석을 보면 안 된다.'

누가 이야기할 수 있을까.

지금 포수인 최재환과 심판 너머로 보이는 검은 정장의 남자 넷이 상진의 눈에 보였다.

당당하게 티켓까지 끊고 들어왔으니 뭐라고 할 수 없지만 저승사자가 넷이나 와서 자신의 야구를 보고 있었다.

'살다살다 저승사자의 응원을 받는 야구 선수라니.'

투구 하나하나에 환호해 주는 건 얼마든지 기분이 좋았다.

하지만 저승사자라는 걸 떠올릴 때마다 등골이 오싹오싹했다.

저승사자는 말 그대로 목숨을 가져가는 존재들이다.

혹시라도 경기가 마음에 들지 않으면 다시 목숨을 가져가지 않을까 하는 생각이 머릿속을 스쳐 지나가니 여간 긴장되는 게 아니었다.

'나중에는 저승에서 중계방송도 하는 거 아닌가 몰라.'

그렇게 생각하니 조금 두렵기까지 했다.

상진이 할 수 있는 건 단 하나, 현실도피였다.

그걸 위해서는 아이러니하게도 야구에 집중해야 했다.

"스트라이크!"

지금 상진의 투구에는 포수 뒤쪽 좌석에서 싱글벙글 웃으며 치킨을 뜯고 있는 영호에 대한 분노가 담겨 있었다.

*　　　*　　　*

구속도 빨랐고 구위도 묵직했다.

하지만 그 공을 받아 내는 재환은 순간순간 비틀려서 들어오는 공에 다급히 미트를 내밀어야 했다.

'그래도 4회쯤 되니까 적응할 만하긴 하네. 이 자식은 오늘따라 왜 이렇게 고약한 공만 던지는 거야!'

공이 고약하다는 걸 넘어서서 심술궂다고 할 만큼 무브먼트가 남달랐다.

결정적으로 마지막에 살짝살짝 비틀리는 게 골치 아팠다.

세 번째 타자를 땅볼로 마무리하고 공수 교대 신호가 떨어지자 재환은 힘겹게 일어서면서 더그아웃으로 향했다.

그러면서 중간에 마주친 상진을 보면서 볼멘소리를 했다.

"인마, 그립을 어떻게 쥐는 거야?"

"왜요? 마지막에 살짝씩 꺾어서 그래요?"

"3회까지는 잡기 힘들어서 죽는 줄 알았다. 그래도 4회부터는 익숙해지니까 좀 낫더라."

"그래요?"

아마 스킬의 효과 때문에 공 끝 움직임이 더욱 좋아졌던 모양이었다.

상진은 씩 웃으며 전광판을 바라봤다.

0의 행진이 이어지고 있는 전광판을 본 순간 상진은 저승사자고, 타자고 싹 잊어버리고 기분 좋은 미소를 지었다.

“5회까지 무실점이라.”

“응? 4회 아니었어?”

“지금 5회 끝났어요.”

그 말에 재환은 황급히 전광판을 돌아봤다.

전광판에 있는 충청 호크스의 이름 옆에 새겨진 0은 분명 5개였다.

경기가 진행되는 템포가 무척이나 빠르고 정신이 없었던 탓인지 5회가 끝났는데도 4회가 끝난 것 같은 기분이었다.

“템포 엄청 빠르게 가져갔구나?”

“그건 저쪽 선발이 도와준 덕분이기도 하죠.”

상진은 자신과 교대하듯 마운드에 오르는 대구 스타즈의 윌리엄을 바라봤다.

자신이 오늘 5회까지 피안타 3개와 볼넷 하나로 틀어막고 있다면 저쪽도 무시무시한 투구로 충청 호크스의 타선을 봉쇄하고 있었다.

“올해는 좀 다를 거 같더니만.”

어제는 점수를 기가 막히게 내서 승리를 거두었다.

12 대 8이면 거의 폭발했다고 해도 과언이 아닐 정도였다.

하지만 오늘은 0 대 0.

양 팀의 타선은 전부 물에 젖은 화약처럼 축 늘어져서 불도 안 붙고 있었다.

[경고: 투구 수가 70을 돌파하여 체력이 10 하락합니다.]

더그아웃에 들어온 상진은 깜박거리는 시스템 메시지를 치워 버리고 계란을 꺼냈다.

이미 체력 수치는 40 이하로 떨어진 지 오래였다.

체력이 떨어지면 떨어질수록 구속과 구위도 약간씩 영향을 받아 떨어져 있었다.

효율적인 투구를 한다곤 했어도 대구 스타즈는 바보가 아니었다.

지난번에 자신을 경험했던 강북 브라더스와 마찬가지로 투구 수를 늘리는 전략을 들고 나왔다.

아마 이대로 간다면 6회나 7회까지가 한계일 것 같았다.

'최대한 절약해 본다고 해 봤는데 역시 조금 무리인가.'

선발로 나와서 5이닝 70구 정도 던져 무실점이라면 얼마든지 칭찬받을 성적이었다.

하지만 상진은 그렇지 않았다.

첫 선발이라고는 해도 자신은 완투할 생각으로 마운드에 올랐다.

그림이라면 밑그림부터 마무리 색칠까지 지어야 했다.

음식이라면 재료의 준비부터 마지막 데코레이션까지 마쳐야 했다.

그저 선발로서 첫 경기라느니, 경험을 쌓은 것만으로 충분하다느니.

이런 이야기는 전혀 필요 없었다.

'그럼 6회부터는 조금 다른 방식으로 진행해 볼까.'

어떻게 골탕을 먹여야 상대 타선을 물 먹였다고 소문이 날까.

그는 상대편 더그아웃을 바라보며 악동 같은 미소를 지어 보였다.

'어디 한번 해봅시다.'

* * *

충청 호크스의 불펜진은 작년에 나름대로 만족할 만한 호성적을 남겼다.

하지만 올해는 그럴 만한 위력투를 보여 주지 못하고 있었다.

공인구가 약간 커진 탓도 없진 않겠지만 노장급들의 기량이 전체적으로 하락세를 띠고 있었다.

하락세를 띠고 있는 불펜진과 다르게 이상진은 오히려 강해졌다.

올 시즌 들어와서 무실점을 이어 가고 있는 것만으로 충분히 증명됐다.

"라인을 타고 들어오는 공은 걸러라. 대신에 투 스트라이크를 잡으면 그때부터는 배트를 짧게 잡고 커트 위주로 괴롭혀라. 그동안 불펜만 뛰었던 녀석에게 선발의 무거움을 알려 주는 거다."

대구 스타즈의 김영수 감독의 지시에 따라 타자들은 이상진을 소모시키기 위해 이런 지시를 내렸다.

하지만 5회가 지나고 6회가 지났을 무렵, 그의 얼굴은 굳어질 대로 굳어 있었다.

6회까지 안타는 3개에 볼넷은 하나밖에 얻지 못했다.

공격을 마치고 힘없이 더그아웃으로 돌아와 수비로 나갈 준비를 하는 선수들을 보며 고함이라도 치고 싶었다.

어째서 이렇게 못 치냐고.

“난감하군.”

6회 말 수비에 나가는 선수들의 뒷모습을 바라보던 김영수 감독은 문득 눈을 동그랗게 떴다.

“그런데 6회가 어떻게 끝났지?”

*　　　*　　　*

존에 걸치는 공은 걸러 낸다.

이것만으로도 공 두 개는 일단 보내는 셈이 된다.

던진 공의 개수가 많아질수록 제구가 살짝 흔들려서 존 바깥에 나가면 3개를 던지는 셈이 된다.

투구 수를 절약하려면 기본부터 바꿔야 했다.

‘그렇다면 생각을 바꾸게 해 주지.’

6회에 등판한 상진이 선택한 첫 공은 한가운데로 들어가는 체인지업이었다.

약간 높게 들어가다가 뚝 떨어져 존 한가운데를 통과하는 공에 타자는 움찔거렸다.

하지만 그거로 충분했다.

바깥쪽이나 몸 쪽으로 걸치는 공이 아니라 정중앙으로 들어오는 공을 보여 주면 타자는 망설이게 된다.

'너 제정신이냐?'

재환의 사인에 몇 번이고 고개를 가로저었는지 모른다.

절대로 존 바깥에 걸치며 아슬아슬하게 들어가는 공은 던질 생각이 없었다.

무조건 한가운데.

그리고 결정구는 투심이었다.

딱!

한가운데로 들어오는 공에 타자의 배트는 속절없이 앞으로 나왔다.

하지만 마지막 순간 투심 패스트볼은 살짝 아래로 꺾이며 땅볼을 유도해 냈다.

그걸 2루수 정은일이 가볍게 잡아 1루로 던져 아웃을 만들어 냈다.

단 2구만에 아웃 카운트를 만들어 낸 상진은 은일에게 가볍게 엄지손가락을 치켜세워 보이고는 다시 타자에게 집중했다.

이번에도 한가운데로 던지겠다는 의사를 밝혔다.

포수와 투수의 거리는 18.44미터

그럼에도 상진은 포수 마스크에 가려져 있는 재환의 얼굴이 일그러지는 걸 볼 수 있었다.

"거참, 믿음이 부족하시다니까."

상진은 투덜거리면서 그립을 쥐었다.

괜히 이런 짓을 하는 게 아니다.

존 바깥쪽으로 던지는 공은 상진에게도 도박에 가까웠다.

특히 투구 수가 늘어날수록 시시각각 떨어지는 체력에 대한 부담도 마찬가지였다.

이걸 최소화시키면서 던지기 위해서는 타자의 배트를 끌어내는 게 가장 좋았다.

"스트라이크!"

다음 타자 역시 몸 쪽으로 오는 듯하다가 한가운데에 꽂히는 슬라이더에 움찔거렸다.

예리하게 휘어지는 슬라이더를 보며 휘두를까 말까 잠시 고민했다.

하지만 처음 코스가 몸 쪽으로 보이던 공은 불현듯 날카롭게 스트라이크존 한복판으로 뛰어들어 왔다.

타자의 안색이 변하는 걸 마운드에서 지켜보며 상진은 피식 웃었다.

'얼굴 굳어지면 뭐 어쩔 건데?'

상진은 가볍게 그립을 바꿔 쥐었다.

이번 이닝에 던진 공은 체인지업에 투심, 그리고 슬라이더였다.

웬만하면 같은 구종을 연달아 던지지 않는다는 게 신조이긴 했어도, 상진은 이미 덕지덕지 심술을 부릴 생각이었다.

"엇!"

한가운데로 들어오는 공에 깜짝 놀라며 배트를 휘두르던 타자는 바깥쪽으로 휘어 나가는 공의 움직임에 깜짝 놀랐다.

그리고 공중으로 치솟은 공은 포수인 재환이 파울 플라이로 아웃시켰다.

공 네 개로 타자 둘을 아웃시킨 상진은 그래도 덤덤한 얼굴이었다.

마지막 공은 이미 정해 둔 지 오래였다.

상진은 세 번째로 올라온 타자를 바라보며 어깨를 으쓱거리고 공을 준비했다.

이번에도 한가운데로 들어갈 공이었다.

'재환이 형, 이제 무슨 공을 어디로 던질 거냐는 사인은 보내지도 않네.'

어차피 가운데로 던질 거 마음대로 아무거나 던지라는 뜻이었다.

상진은 그 기대에 충실히 부응해 주기 위해 힘껏 던졌다.

오늘 거의 던지지 않았던 포심 패스트볼.

그리고 초구를 노리고 있었는지 타자의 배트 역시 앞으로 나왔다.

파앙!

거친 파열음과 함께 상진은 짜릿한 손맛을 느끼며 히죽 웃었다.

1루로 달리려다가 황당한 눈으로 자신을 바라보는 타자를 향해 아까처럼 어깨를 으쓱거렸다.

그리고 조용히 글러브 안에서 공을 꺼내 공중에 한번 던져 봤다.

[1구 승부 업적을 달성하였습니다. 포인트가 100 지급됩니다.]

[상대의 사냥을 마쳤습니다. 36포인트가 지급됩니다.]

[퀄리티 스타트 업적을 달성하였습니다. 포인트가 100 지급됩니다.]

[현재 상한선 187포인트를 달성하였으므로 코인 1개가 지급됩니다.]

[다음 포인트 상한선은 188입니다.]

상진은 다음 포인트 상한선을 보며 히죽 웃었다.

[87/188]

그리고 늘 그렇듯 한마디 남기는 걸 잊지 않았다.

"잘 먹었습니다."

* * *

—이상진 선수가 공 다섯 개로 상대 타선을 돌려세웁니다!

—6회인데 투구 수는 이제 84개입니다. 오늘 투구 수를 어떻게 절약하는지 교본 같은 모습을 보여 주고 있습니다.

—한현덕 감독이 괜히 선발로 전환시킨 게 아니라는 걸 증명

해 보이고 있습니다.

6이닝 3피안타 1볼넷 무실점.

상대 타선을 물 먹이는 투구로 무실점을 달리면서도 투구 수는 84개에 불과했다.

하지만 그런 걸 자랑스러워할 겨를도 없이 시스템 메시지는 상진에게 경고를 날렸다.

[경고: 투구 수가 80을 돌파하여 체력이 10 하락합니다.]

또다시 체력이 하락했다.

본래 가지고 있던 체력이 70 정도였고 [일찍 일어나는 새가 먹이도 많이 잡는다] 스킬 덕분에 3회까지는 어느 정도 체력 소모를 줄일 수 있었다.

하지만 투구 수가 80을 돌파하자 총합 50의 체력이 떨어졌다.

[사용자: 이상진]

[현재 상태]

—체력: 72(—30) / 100

—제구력: 87(—5) / 100

—최고 구속: 시속 151 (—5)킬로미터

—평균 회전수: 2,322 (—50)RPM

—보유 구종: 포심 패스트볼 (B), 커브 (C), 슬라디어 (B), 체인지업 (B), 투심 패스트볼 (C)

—보유 스킬: 먹어서 남 주냐, 먹을 때는 개도 안 건드린다,

일찍 일어나는 새가 먹이도 많이 잡는다
—남은 코인: 24

[경고: 체력 수치의 하락으로 보유 구종의 위력이 한 단계씩 하락하였습니다.]

[경고: 체력 수치의 하락으로 보유 스테이터스가 일정치 하락하였습니다.]

체력이 떨어지자 모든 능력치가 급하락하고 있었다.

하지만 상진은 그대로 내려가고 싶진 않았다.

'타자 셋만 더 잡으면 코인을 하나 더 얻을 수 있다고!'

[87 / 188]

아까 〈1구 승부〉와 〈퀄리티 스타트〉 업적을 둘이나 달성하면서 포인트를 대량으로 쌓았다.

그리고 다음에 이어질 7회에 타석에 설 타자 셋을 아웃으로 잡는다면 정확히 107 포인트를 얻게 된다.

"상진아, 더 던질 거냐?"

한현덕 감독은 아까부터 상진의 구속을 무척이나 신경 쓰고 있었다.

5회 들어왔을 때부터 언제 내릴지를 가늠해 보고 있었다.

그리고 140대 중후반을 찍던 구속이 초중반으로 떨어지자 이렇게 직접 와서 물었다.

"네. 더 던지겠습니다."

"6이닝을 무실점으로 막아 내 준 것만으로도 충분한데도?"

"아직 더 던질 수 있습니다."

"으음."

고민스러웠다.

부상 경력도 있고 투구 수도 80개를 넘긴 시점이었다.

그리고 주로 불펜에서 던지던 투수였다.

구속이 줄어드는 시점에서 이런 고민을 하는 건 당연했다.

"감독님."

내려가기는 죽어도 싫었던 상진은 조용히 한현덕 감독을 불렀다.

"안타를 하나라도 맞으면 내려가겠습니다."

*　　　　*　　　　*

상진의 고집은 결국 통했다.

안타는 물론, 볼넷을 하나라도 내준다면 그 즉시 강판하기로.

그 말에 한현덕 감독과 송신우 코치는 고개를 끄덕이며 동의했다. 어차피 불펜 투수를 준비시키고 있으니 안타를 하나 맞는다면 바로 내릴 생각이었다.

하지만 상황은 전혀 다르게 돌아갔다.

"스트라이크! 아웃!"

모든 능력치가 떨어졌어도 이상진은 이상진이었다.

그는 힘을 조절할 줄도 아는 투수였다.

‘부상에서 회복해서 돌아왔을 때보다는 낫잖아?’

130대 중후반의 패스트볼과 밋밋한 변화구를 가지고도 난타당하지 않고 어떻게든 패전 처리조로 살아남았다.

그때와 지금을 비교한다면 하늘과 땅만큼의 차이가 있었다.

그때도 타자들과 싸웠는데, 그보다 나은 지금 상태로 싸우지 못할 이유는 없었다.

“스트라이크!”

느려진 공에도 타자들의 배트는 어김없이 헛스윙을 했다.

그렇지 않을 경우에도 공은 내야를 벗어나지 못했다.

유격수 플라이로 두 번째 타자까지 잡아낸 상진은 조용히 숨을 고르면서 재환이 던져 주는 공을 받았다.

‘체력이 바닥날 때까지 던져 보는 게 얼마만이지.’

중간에 나와서 긴 이닝을 책임지는 롱 릴리프의 자리에서도 작년부터 던졌었다.

이렇게까지 마운드에서 기진맥진해 본 건 오랜만이었다.

기분 좋은 탈력감에 저절로 미소가 지어졌다.

‘낮은 공, 투심, 몸 쪽인가.’

사인 교환을 끝내고 상진은 씩 웃었다.

서로 밀고 당기는 투수와 포수의 사인 교환은 역시 이런 묘미가 있어서 더욱 재밌었다.

“스트라이크!”

초구는 볼이었다.

생각보다 더 떨어지는 공이었다.

하지만 오늘 초구의 대부분을 존 안에 집어넣었던 상진을 떠올리며 타자는 헛스윙을 했다.

두 번째 공은 파울이 됐다.

3루 쪽 관중석에 떨어지는 공을 보던 상진은 땀이 눈에 들어가 따끔거리자 인상을 쓰며 닦아 냈다.

아직 봄도 제대로 찾아오지 않아 밤에는 약간 쌀쌀했다.

그럼에도 상진의 온몸은 스프링쿨러라도 되는 듯 땀을 뿜어내고 있었다.

하지만 오늘 상진은 최고의 컨디션이었다.

"스트라이크! 아웃!"

[삼진으로 타자를 아웃시켰습니다. 20포인트가 추가 지급됩니다.]

[현재 상한선 188 포인트를 달성하였으므로 코인 1개가 지급됩니다.]

[다음 포인트 상한선은 189입니다.]

오랜만에 충청 호크스의 선발진에 활력을 불어넣어 준 상진이 21번째 아웃카운트를 잡고 내려가자 관중석에서는 그의 이름을 연달아 외치며 환호했다.

"이상진! 이상진!"

"진짜 호크스에는 너밖에 없다!"

"사랑한다! 이상진!"

7이닝 4피안타 1볼넷 무실점.

상진이 받아 든 2019년 첫 선발로서의 성적표였다.

마운드에서 내려가던 상진은 문득 포수 뒤쪽 좌석에 앉아 있는 검은 정장의 남자들과 눈이 마주쳤다.

그리고 영호가 엄지손가락을 세워서 보여 주는 걸 발견하고는 웃음을 터뜨렸다.

*　　　*　　　*

"수고했다."

한현덕 감독은 7회까지 무실점으로 마친 상진의 어깨를 두드려 주며 이 말만 남기고 다시 그라운드를 바라봤다.

매정하다고 생각할 수도 있는 태도였지만 아직 경기는 진행 중이었다.

그리고 점수는 0 대 0.

아직도 승패가 갈리지 않았다.

"7이닝 무실점이면 승리투수가 돼도 상관없을 텐데 말이지."

송신우 코치도 이렇게 말하면서 슬슬 타석에 나설 준비를 하는 타자들을 쏘아봤다.

3번 타자인 송강민도, 4번 타자인 주장 이정열도, 5번 타자인 김대균도 전부 쓴웃음을 지으면서 미안한 얼굴이 됐다.

"승리를 안겨 주려면 지금밖에 없겠죠?"

"그걸 알면 좀 치든가."

코칭스태프의 핀잔에 타자들은 멋쩍은 얼굴로 대기 타석으로 향했다.

더그아웃에 돌아온 상진은 스포츠 음료로 목을 축이며 전광판을 바라봤다.

이대로 첫 승리를 거두기 위해서는 점수가 꼭 나야 했다.

그리고 자신의 팀 동료들은 기대할 때 한 번씩은 무언가 해주곤 했다.

바로 지금처럼.

—송강민 선수가 초구를 노려서 좌익수 뒤로 넘어가는 홈런을 터뜨립니다! 솔로 홈런!

—이정열 선수가 그 뒤를 이어서 똑같이 홈런을 칩니다! 데칼코마니라도 하나요? 이번에는 우익수 뒤로 넘어가는 큼지막한 홈런!

중심 타자들이 타선에 서자마자 백투백 홈런을 터뜨리며 단숨에 2점을 달아났다.

그리고 상진은 그 둘과 하이파이브를 하며 활짝 웃었다.

뒤이어 등판한 젊은 후배들과 호크스의 마무리 정우한이 경기를 마무리 지었다.

승리에 선수단과 관중들이 한마음 한뜻으로 환호성을 지르는 가운데 상진은 조금 다른 의미로 환호했다.

[첫 선발 등판이 확인되므로 업적 카테고리가 해제됩니다.]

[〈첫 선발승〉 업적을 달성하였으므로 100포인트가 추가 지급 됩니다.]

상대도 바보는 아니다
VICTORY

수훈 선수 인터뷰.

7이닝을 무실점으로 끝낸 상진에게 돌아온 인터뷰 기회는 지난번과 다르게 느껴졌다.

그리고 구단 직원들과 코칭스태프는 인터뷰를 하러 나가는 상진의 앞을 막아섰다.

"왜요?"

"제발 부탁인데, 오늘 인터뷰는 좀 살살해 줄 수 없습니까?"

지난번에도 이상진의 인터뷰가 빌미가 되어 다른 구단들로부터 항의 전화를 받았던 직원은 긴장한 기색이 역력했다.

잠깐 생각에 잠겼던 상진은 씩 웃으면서 고개를 끄덕였다.

"괜한 도발 같은 거 안 하면 되죠?"

"그럼요! 자신감을 보여 준다거나 그러는 건 좋은데, 괜히 이상하게 해석될 만한 말은 안 해 주시면 됩니다."

"알겠습니다."

그라운드로 나와서 헤드셋을 양쪽 귀에 낀 상진은 마이크를 들었다.

그리고 옆에 서서 방긋방긋 웃고 있는 여자 아나운서를 향해 살짝 이를 드러내며 웃어 보였다.

"지난번에는 불펜으로 수훈 선수가 되셨는데 오늘은 선발투수로 등판하셔서 승리를 거두셨네요. 축하드립니다!"

"네, 감사합니다."

"그동안 불펜으로만 뛰셨는데 선발로 뛰는 데 어려움은 없으셨나요?"

"전혀 없었습니다."

상진은 아주 상큼하게 대답했다.

질문한 사람이 오히려 당혹스러워할 정도로 간단히 나온 대답이었다.

"그, 그러면 오늘 경기에는 만족하시나요?"

"아뇨. 불만족스럽습니다. 제가 오늘 안타를 세 개 맞았던가요?"

"오늘 피안타는 4개로 기록됐네요."

"그래서 더 만족할 수가 없네요. 볼넷을 하나 준 것도 마음에 들지 않고요."

그때 저쪽에서 송신우 투수 코치와 한현덕 감독의 당황한 얼굴이 보였다.

구단 직원들도 손발을 휘저으면서 제발 좀 적당히 하라는 신호를 보냈다.

물론 상진은 그들의 손짓에 어깨를 으쓱거렸을 뿐이었다.

어려움이 없었으니 어려움이 없다고 대답했다.

마음에 들지 않았으니 마음에 들지 않다고 대답했다.

마음에도 없는 이야기를 한 것도 아닌데 뭐가 잘못인가.

그때 아나운서가 어색하게 웃으면서 대화의 방향을 살짝 틀었다.

"하하, 혹시 앞으로의 목표가 있으신가요?"

"앞으로의 목표요?"

목표에 대한 생각.

지금 자신이 야구로서 해낼 수 있는 게 무엇인가.

영호에게 이야기했던 대로 메이저리그에 가서 우승을 차지하고 최고의 투수로서 자리매김하는 게 목표이기는 했다.

'그래도 아직 메이저리그에 가지도 못했는데, 벌써 그런 이야기를 하는 건 좀 그렇겠지?'

생각을 정리하느라 대답을 하지 않고 머뭇거렸다.

아나운서는 제대로 질문을 듣지 못해서 그런 거라 생각하고는 조금 더 자세하게 물었다.

"네. 오늘 투구가 만족스럽지 않으신다면 뭔가 잡고 계시는 목표가 있으셔서 그런 말씀을 하신 게 아닌가 싶네요. 앞으로의 목표가 뭔가요, 이상진 선수?"

"야구 선수라면 목표는 당연한 것 아닌가요?"
그리고 수훈 선수 인터뷰에서의 두 번째 폭탄을 터뜨렸다.
"충청 호크스, 소속팀의 우승입니다."

* * *

쉬고 있는 상진에게 치킨을 들고 찾아온 영호는 포장을 뜯자마자 닭다리를 뺏기고는 인상을 팍 찡그렸다.
"그래서 경기는 마음에 들었어요?"
"마음에 들었지. 일단 응원하던 팀이 이겼다는 게 마음에 들었다. 물론 다른 저승사자들은 조금 다른 기분이었던 거 같지만."
영호는 잘 양념된 닭 날개를 뜯으면서 구시렁거렸다.
하필이면 함께 갔던 저승사자 네 명 중 호크스의 팬이 둘, 스타즈의 팬이 둘이었다.
덕분에 야구도 잘 모른 채 중간에 끼인 영호만 개고생을 했다.
"그래서 볼 만했어요?"
"공 던지고 치는 건데, 뭐 볼 만하겠냐. 그래도 양 옆에서 규칙에 대해서 이것저것 알려 주니 듣기 싫어도 알게 되더라."
자신이 관리하는 상진의 경기였고, 다른 저승사자들이 관심을 가졌기에 어쩔 수 없이 따라갔었다.
원래는 야구 구경을 가고 싶지 않았다.

특히 옆에서 떠들어 대면서 야구를 모른다고 이것저것 알려 주는 과도한 친절함이 너무 싫었다.

"그래서 뭘 알았는데요?"

"스트라이크하고 볼의 차이 정도? 그리고 관중석으로 넘어가는 건 똑같은데, 왜 홈런하고 파울이 다른지도 알았지."

"퍽이나 공부 많이 하셨네요."

그래도 처음 야구의 ㅇ 자도 모르던 것과 비교하면 장족의 발전인 셈이었다.

맥이 탁 풀린 상진은 뼈에 붙어 있던 살점까지 싹 먹고 다시 치킨 상자를 향해 손을 뻗었다.

"그런데 저승사자들도 스포츠를 좋아하는 겁니까?"

"뭐, 그렇지. 특별히 저승에 유흥 시설 같은 게 있는 것도 아니니, 인간 세상 구경하는 거 말고는 할 게 없거든."

순간 상진은 저승에 야구장이나 축구장이 있는 광경을 상상해 보고 자신도 모르게 웃음을 터뜨렸다.

"그거 재미있겠네요."

"그런데 너 다음 경기는 언제 있냐?"

"글쎄요? 그건 로테이션 도는 걸 봐서 결정될 거 같은데요. 그건 왜 물어요?"

"다음에도 네 경기를 구경하러 가게 될 거 같아서 말이야."

그 말을 듣자마자 상진은 귀중한 치킨마저 엎어 버릴 기세로 벌떡 일어나며 고함을 질렀다.

"제발 포수 뒤쪽 자리는 앉지 마십쇼! 젠장! 이번에 던지면서 얼마나 신경 쓰였는지 압니까!"

* * *

「충청 호크스의 우승입니다, 이상진의 당찬 포부」

「현재 5위를 유지하고 있는 호크스, 우승 가능성은 얼마나?」

「이상진, 충청 호크스를 우승 시키겠다」

「1,878일 만의 선발승, 이상진은 선발 자리를 꿰찰 수 있을 것인가」

의외로 지난번과 다르게 구단 전화벨은 그다지 울리지 않았다.

다른 구단들도 1,878일 만에 선발승을 거둔 이상진을 일단 존중해 주는 분위기였다.

물론 충청 호스크 내부 분위기는 조금 달랐다.

"선발로 승리해 보니까 기분이 어때?"

"날아갈 거 같죠. 백투백 홈런 고마웠어요."

"내가 너 챙겨 주려고 홈런 친 것 같아? 커리어 막바지라고 해도 나도 좀 먹고 살아야지."

훈련장으로 들어선 상진은 여기저기서 날아오는, 축하를 가장한 악담을 받으면서 손을 흔들었다.

오늘도 상진보다 먼저 훈련장에 나온 선수들은 몇 없었다.

천천히 스트레칭을 하면서 몸을 풀던 상진은 이미 육포 하나를 입에 물고 있었다.

그래도 선수들 중에서 그 누구도 타박하는 사람은 없었다.
“목표는 우승이라고 했지?”
“당연한 거 아니에요?”
“푸하하하! 그래! 사나이라면 당연히 이런 배짱쯤은 있어야지!”
어제 상대 투수에게 6회까지 막혔어도 7회에서 백투백 홈런으로 득점을 해내며 한창 중심 타선에도 힘이 붙었다.
어제 홈런을 쳤던 김대균과 이정열은 배트를 들고 피칭머신 앞에 서면서 희희낙락한 얼굴이었다.
“아주 감독님하고 코치님들 얼굴이 말이 아니더라.”
“인재 형까지 그러기예요?”
“인마, 네가 그렇게 불을 질러 놨으니 오늘 선발인 내가 겁이 안 나겠냐?”
이렇게 말하면서도 인재는 재미있다는 듯이 웃고 있었다.
이제 고작해야 4월 중순이 지나가고 있을 뿐이었다.
충청 호크스가 그동안 거둔 성적은 11승 10패.
5할을 간신히 넘는 성적이었다.
선두권을 달리고 있는 경인 드래곤즈나 강남 그리즐리와도 이미 승차는 5~6승이나 나고 있었다.
“그건 형이 알아서 할 일이죠.”
“불 질러놓고 도망가는 거 봐라, 킥킥. 아무튼 기대해라. 드디어 나의 비장의 무기가 등장한다.”
“그래 봤자 포크볼이겠죠.”

"그런데 넌 어제 던져서 오늘은 휴식일 텐데, 왜 왔냐?"

어제 선발로 100구 가까이 던진 상진은 오늘 휴식을 부여받았다.

선발 로테이션을 돌기 위해서는 당연한 일이었다.

"어차피 경기에 출전하진 않아도 나와 보긴 해야 하잖아요. 그리고 인터뷰가 있어서요."

"인터뷰?"

*　　　　*　　　　*

"이렇게 귀중한 시간을 내주셔서 감사합니다, 이상진 선수."

"뭘요. 김명훈 기자님이라면 얼마든지 환영이죠."

옛날부터 좋은 감정을 가지고 있던 기자의 인터뷰 요청을 거부할 수는 없었다.

오히려 환영할 일이었다.

다른 기자들이라면 인터뷰 내용을 의도적으로 유도하거나 혹은 교묘하게 바꿔서 기사화를 시킬 우려가 있었다.

하지만 인연이 깊은 명훈과의 인터뷰는 마음놓고 할 수 있었다.

물론 옆에서는 혹시나 모를 이야기는 중간에 멈추기 위해 구단 직원 하나가 함께 자리했다.

"우선 이상진 선수가 올해 뛰어난 성적을 거두고 있는 것부터 축하드립니다. 팬들도 많이 놀라더군요."

"저도 얼떨떨할 정도로 좋은 성적을 거두고 있죠."

"뭔가 비결이라도 있으신 겁니까?"

상진은 빙그레 웃었다.

이런 질문은 이미 충청 호크스 선수단과 코칭스태프들에게서도 많이 들었기에 대답도 준비해 놨다.

"물론입니다. 잘 먹고 잘 자고 열심히 훈련하면 되죠, 하하. 물론 반쯤은 농담이고 실은 그동안 겁을 많이 먹었습니다."

"겁요?"

"제가 5년 전에 고관절과 오른팔 부상을 동시에 받았던 걸 기억하실 겁니다. 그때 고관절 수술과 오른 팔꿈치 인대 접합 수술을 함께 받았죠."

그때를 생각하면 아직도 지옥 같았다.

수술이 잘돼도 야구를 할 수 있는 확률이 20퍼센트도 안 된다는 말을 들었을 때는 남몰래 눈물을 흘리기도 했다.

병원에서 정해 주는 재활 절차대로 움직였고, 복귀해서도 트레이너들에게 자문을 구해 가며 몸을 철저하게 관리했다.

"재활을 하면서 몸은 고통에 익숙해졌습니다. 하지만 고통이 조금씩 없어지고 몸을 마음껏 움직일 수 있게 되면서 스스로 제약을 걸었죠."

스스로의 한계를 그대로 막아섰다.

조금만 더 세게 던져 볼라고 하면 그때의 고통이 떠올랐다.

"재활을 마치고 1군에 복귀했을 때, 조금 더 빠르게 던져 봤더니 팔꿈치에서 통증이 느껴지더군요. 그러니까 무척이나 겁이 났습니다. 무리해서 또 부상을 입으면 어쩌지 하는 생각에 도저히 공을 던질 때 힘을 주지 못하겠더군요."

"이해합니다. 부상 때문에 트라우마가 생겼군요."

김명훈 기자는 고개를 끄덕이며 이해한다는 표정을 지었다.

스포츠 선수들이 부상의 여파로 복귀하지 못하는 일이 많았다.

그리고 그만큼 부상에서 복귀한 뒤에 재발에 대한 걱정으로 제대로 기량을 발휘하지 못하는 경우도 상당했다.

이상진이 그런 일을 겪었다고 해도 이상할 건 없었다.

오히려 정신적으로 얼마나 힘들었을지에 대해 동정을 받아도 무방했다.

"그래도 1군과 2군을 오가면서 공을 던지고 코치님들께서 많은 격려를 해 주셨죠. 그리고 경기를 뛰면서 차츰 나아졌지만 저 자신이 걸어 놓은 한계 이상으로 공을 던져 볼 생각을 하지 못했었습니다."

"그런데 이번에 FA 계약을 하면서 구속도 오르고 구위도 좋아지셨다는 평가가 지배적입니다. 이렇게 된 계기는 무엇입니까?"

"말 그대로 FA 계약 때문입니다."

사실 계기 자체는 시스템을 얻었기 때문이었다.

시스템을 얻었고 자기 자신에 대해 수치로 파악할 수 있게 되자 보다 객관적으로 바라볼 수 있게 됐다.

그럼으로서 상진의 마음속에 피어오른 건 분노였다.

"FA 계약을 하게 되면 야구 선수는 누구라도 자신의 선수 생활을 한 번쯤 둘러보게 됩니다. 그런데 저는 10년이라는 시간 동안을 뛰어오면서 뭔가 이뤄 낸 것이 없었습니다. 경기에 출전을 했어도 패전 처리조에 만족해야 하는 시간이었죠."

10년이나 되는 선수 생활 동안 아무것도 쌓은 것이 없었다.

오랜 시간 야구를 해 왔음에도 결국 두 손에 남은 건 FA자격과 부상 경력, 그리고 처참한 통산 성적이었다.

"그래서 새롭게 마음을 다잡았습니다. FA 계약을 계약금 없이 전부 옵션으로 채운 것도 마찬가지입니다. 여태껏 쌓아 온 것이 없다면 새로운 목표를 정하자고 생각했습니다. 프로는 돈으로 말한다고 합니다. 그렇다면 돈으로 목표를 가늠하고 그것을 이루는 데 최선을 다하자. 이렇게 정했습니다."

시스템을 얻고 FA 계약을 맺게 된 상진의 다짐이었다.

쌓아 놓은 게 없다면 앞으로의 미래를 담보로 건다.

돈을 벌고 싶다면 앞으로 증명하겠다.

이것이 새로운 목표를 세운 새로운 마음가짐이었다.

"그것을 위해서라면 예전에 정해 둔 저 자신의 한계를 부숴야 했습니다. 그리고 지금이 새롭게 껍질을 깨고 나온 이상진의 시간입니다."

* * *

예전에는 몰라도 현대에는 어떤 프로야구 팀이라도 전력 분석 부서는 기본으로 가지고 있다.

그리고 예전과 비교해서 확연히 달라진 이상진은 새로운 분석 대상이었고 필수적인 연구 재료였다.

"옛날부터 머리가 좋은 투수라고는 생각했는데, 더 어처구니없어졌더군요."

"그래서 결론은 어떻습니까?"

"우선 구종의 비율이 매우 일정합니다."

대구 스타즈는 지난번에 선발로 나온 상진에게 호되게 당했다.

그래서 이상진의 최근 100여 구의 기록을 챙겨 분석했다.

"101구 중에 포심 패스트볼이 27개, 슬라이더가 22개, 체인지업이 19개, 커브가 24개군요."

"그나마 9구로 비중이 적은 투심 패스트볼도 시도 때도 없이 들어왔습니다. 어쩔 때는 초구에 던질 때도 있고 마지막 아웃 카운트를 잡으러 들어올 때도 있었습니다."

투심 패스트볼을 제외한 나머지 구종들은 던진 회수에 큰 차이를 보이지 않았다.

결국은 전 구종에 대처하지 못한다면 이상진을 잡을 수 없다는 말과도 같았다.

김영수 감독은 뒷머리를 벅벅 긁으면서 짜증스러운 얼굴로 데이터를 바라봤다.

하지만 아무리 데이터를 들여다본다고 해도 마땅한 답이 나올 리 없었다.

"패턴도 없었습니까?"

"약간 일정한 패턴은 몇 가지 있었습니다. 우선 타자와 3구 이내 승부를 많이 보려고 합니다. 그리고 초구의 80퍼센트 이상이 스트라이크존 안으로 들어왔습니다."

"그건 이미 알고 있지 않습니까. 이번에도 그걸 이용해 보려고 했었죠."

알고 있었어도 결과가 썩 좋지는 않았다.

스트라이크존 안으로 들어올 거라 생각해도 스트라이크존의 상하좌우를 구석구석 잘 이용하는 이상진이었다.

게다가 주력으로 삼는 구종도 없고, 갖가지 구종을 각양각색의 방법으로 던진다.

"투구 폼에서는 뭔가 보여 주는 버릇이 없습니까?"

"버릇이 있긴 한데… 타자의 관점에서는 알 수가 없습니다."

"뭔데 그럽니까?"

전력 분석 팀의 다음 말이 궁금했던 김영수 감독은 몸을 앞으로 내밀며 되물었다.

"일단 영상을 보시면 아실 겁니다."

전력 분석 팀에서 빔 프로젝트로 틀어 놓은 영상에는 이상진의 투구 동작들이 구종별로 구분되어 있었다.

옆에서 찍은 걸 보면 구종마다 아주 약간의 차이가 있었다.

그런데 타자의 시점에서 찍은 영상으로 보면 거의 차이가 없었다.

"이런 빌어먹을."

영상을 본 김영수 감독의 입에서는 절로 욕지거리가 나왔다.

어째서 그런 투구 폼으로 던질 수 있는지부터가 의문이었다.

“절묘하게 가리는군.”

“네. 온몸을 전부 활용해서 던지고 있습니다. 그리고 몸을 기묘하게 틀어서 릴리스 포인트에서 공을 놓기 직전까지 공을 숨기고 있습니다.”

타석에 서 있는 타자의 입장에서는 공을 놓기 직전까지 어떤 공이 날아올지 예측할 수 없다.

평균적으로 투수가 시속 145킬로미터 정도의 공을 던졌을 때 타자가 보고 대응할 수 있는 시간은 0.4초 정도다.

그걸 최대한으로 늘리고 구종의 선택지를 좁혀 순간적인 계산을 통해 투수와의 수 싸움을 끝낸다.

콤마 단위의 싸움이 벌어질 때 투수의 투구 폼을 읽을 수 없단 사실이 공격할 때 얼마나 치명적인지 김영수 감독은 잘 알고 있었다.

“난리 났군.”

버릇이나 집중되는 구종이 없었기에 대응법이 마땅히 존재하지 않는다는 점에서 더욱 골치가 아팠다.

그리고 이런 건 대구 스타즈만의 골칫거리가 아니었다.

일정상 이번에 충청 호크스를 상대로 맞아 홈경기를 치러야 하는 인천 드래곤즈 또한 등판 로테이션상 이상진과 만나야 했다.

그동안 간간이 터지는 홈런으로 어떻게든 성적을 내고 있긴 했다.

하지만 팀 타율은 2할 초반대에 머무를 정도로 좋지 않았다.

"난리 났군."

임경혁 감독도 김영수 감독과 마찬가지로 전력 분석 팀과 함께 머리를 감싸 쥐고 있었다.

지피지기면 백전불태.

자신을 알고 남을 알면 백 번 싸워 위태롭지 않다.

하지만 자신을 알면 알수록 위태로운 상황에 골치가 아팠다.

"선수들도 타율이 좋지 않다 보니 오히려 한 방, 한 방 큰 걸 노리는 경우가 많아졌습니다."

"조금 더 세심해질 필요가 있을 텐데."

임경혁 감독은 쓴 입맛을 다시면서 커피를 들이켰다.

회의 중에 식어 버린 커피는 더욱 씁쓸했다.

한참을 생각하며 전력 분석 팀의 이야기를 듣던 그는 작게 한숨을 내쉬고는 고개를 끄덕였다.

"오히려 좋을지도 모르겠군요."

"뭐가 말씀이십니까?"

"큰 거 한 방, 한 방을 노리는 거 말입니다. 힘으로 밀어붙이는 것도 나쁘지 않겠다는 생각이 들어서요."

임경혁은 세심하게 투구 수를 늘리려고 하거나, 아니면 세세한 수 싸움에 몰입했던 대구 스타즈나 강남 그리즐리의 경우를 떠올렸다.

괜히 투수와 수 싸움을 하느니, 차라리 공격적이고 크게 한 방을 노리는 힘 싸움이 오히려 더 낫지 않을까.

그는 이렇게 생각하고 있었다.

"우선은 우리 스타일대로 갑시다."

인천 드래곤즈의 별명은 작년부터 홈런 공장이었다.

전임 외국인 감독이 있었을 때부터 화력을 뽐내던 드래곤즈였다.

임경혁 감독은 드래곤즈의 힘을 유감없이 보여 줄 생각이었다.

*　　　　*　　　　*

대구 스타즈와의 주말 3연전을 끝내고 부산 타이탄즈와의 주중 3연전이 끝난 다음.

충청 호크스는 인천 드래곤즈를 상대하기 위해 원정을 떠났다.

구단 버스를 타고 숙소로 이동하면서도 상진은 버스 안에서 끊임없이 먹어 댔다.

"제발 부탁인데 방구는 뀌지 마라."

"상진이 형, 계란 먹고 방구 꾸면 냄새가 엄청 독해요."

"차라리 육포를 먹어라. 내가 사 주리?"

"애초에 계란 갖고 오지도 않았어요. 육포는 사 주려면 사

주고요."

차 안에서 다른 동료들의 성토에 상진은 구시렁대면서 육포로 바꿔야 했다.

물론 민폐인 건 알고 있었기에 애당초 계란은 챙겨오지도 않았다.

준비해 온 육포를 꺼내려던 상진은 뒷좌석으로 가기 전에 한현덕 감독의 부름을 받고 앞좌석 쪽으로 나왔다.

"무슨 일이세요?"

"몸은 좀 어떠냐?"

"순조롭게 회복 중입니다. 다음에 등판해도 가뿐할 거 같네요."

"그래. 혹시라도 이상이 있으면 바로 말하고."

상진은 슬쩍 입꼬리를 올리며 웃어 보이고는 다시 뒷자리로 왔다.

그리고 육포를 씹으면서 프린트된 자료를 훑어보기 시작했다.

"이번엔 어떨 거 같냐?"

"뭐가요? 인천 드래곤즈요?"

"작년에 홈런 겁나 많이 쳐 댔잖냐. 올해는 팀 타율이 개판이라는데."

"그래도 그 실력이 어디 가겠어요? 중심 타자들도 건재하고 외국인 투수들도 잘 던지는데요. 게다가 작년 한국 시리즈에서 우승한 저력이 있는 팀이잖아요."

그렇게 말하면서도 상진은 나름대로 골치 아팠다.

차라리 수 싸움을 해 오는 팀이라면 심리전으로 걸고 넘어갈 수 있었다.

타자들과의 심리전은 누구보다 자신 있었으니까.

하지만 오히려 힘으로 밀고 나오는 타자들이 더욱 까다로웠다.

타구 질이 좋지 않더라도 힘이 좋다면 안타, 혹은 홈런으로 만들 수 있는 게 파워형 타자들이었다.

그리고 그런 타자들이 즐비한 팀이 인천 드래곤즈였다.

"중심 타선의 타율이 1할 후반대잖냐. 너무 걱정하지 마라."

"인재 형처럼 편하게 생각할 수 있으면 좋겠네요."

외국인 타자를 제외한다면 드래곤즈의 4번 타자라고 할 수 있는 최자석은 선구안도 좋았고 콘택트 능력도 좋았다.

데이터상으로 보기에도 볼넷으로 나가는 비율보다 순수하게 타율로 누상에 나가는 순 출루율이 높았다.

어떻게 보면 왜 메이저리그에 나가지 않는지 의문스러울 정도였다.

"솔직히 저는 타이탄즈의 김대룡 선수나 브라더스의 김연수 선수보다 이쪽이 더 무섭거든요."

"대균이 형하고 비교하면?"

"뭐? 나보다 최자석이 무섭다고?"

"형은 홈런을 못 치잖아요."

투수끼리 나누는 농담에 끼어든 대균은 씩 웃으면서 손을 내밀었다.

그 손에 육포를 하나 올려 준 상진은 다시 데이터를 뚫어져라 보면서 말을 이었다.

"아무튼 대책은 몸 쪽 공으로 승부를 보는 건데. 이름값하는 타자라서 더 문제네요."

통산 몸에 맞는 공 1위를 자랑하는 최자석 선수였다.

몸 쪽으로 들어오는 공을 잘 피하지 않기도 하지만, 몸 쪽 공이 아니라면 승부를 쉽게 볼 수 없는 스타일이기에 더욱 그랬다.

"껄끄러우면 걸러."

"그러면 또 제 자존심이 상하죠?"

"푸하하! 그래그래. 실력으로 다 씹어 먹는다고 하신 분의 말씀인데, 정면 승부를 봐야지."

물론 상진은 쉽지 않은 승부가 될 거라고 직감하며 인상을 구겼다.

* * *

투수와 타자의 대결은 언제나 누가 유리하냐는 이야기로 논란이 많다.

투수가 유리하다고 하는 쪽은 구종과 구속을 어떻게 할지 선택권이 있다고 주장한다.

반대로 타자가 유리하다고 하는 쪽은 많은 기회가 주어지고

3할만 쳐도 되지 않느냐고 말한다.

하지만 불변의 진리가 하나 있었다.

어떤 투수가 되든 시즌을 치르며 단 한 점이라도 주지 않는 투수는 없다는 것이다.

「이상진의 무실점 행진은 언제 끝나나」

「23.2이닝 동안 무실점을 기록한 이상진」

「인천 드래곤즈를 상대하는 이상진, 과연 오늘도 무실점을 기록하나」

구단 버스에 앉아서 이런 뉴스를 뒤적이면서 상진은 히죽거렸다.

옆에 있던 다른 선수들은 장비를 챙기면서도 계속 실실 웃는 상진을 이상한 눈으로 바라봤다.

"왜 그렇게 웃냐?"

"아뇨. 언론에서도 기대하고 팬들도 기대하는 거 같아서요. 언제쯤 점수를 주면 이 기대를 깨뜨릴 수 있을까 고민되네요."

"무실점이 아니라 점수를 줄 걸 기대하냐. 또라이냐?"

말이 그렇다는 거지, 기대를 깨뜨릴 생각은 없었다.

더그아웃으로 가면서도 상진은 웃는 얼굴 뒷편으로 고심에 고심을 거듭하고 있었다.

타선이 슬럼프라고 하지만 언제 벗어날지도 모를 일이다.

당장 오늘 타선이 폭발해서 단숨에 홈런을 몰아칠 수도 있다.

'이래서 장타력이 있는 타선은 골치가 아프다니까.'

작년에도 저 타선을 상대로 4이닝 동안 홈런만 4방을 얻어 맞았다.

그래도 작년과 비교해서 자신 역시 전혀 달라졌다.

그리고 상대할 방법은 대충이나마 윤곽이 나왔다.

"올해는 작년과는 다르다."

"그거 기자들이 주로 써먹던 거 아니냐? 나중에 이런 기사도 나오겠다. 이상진은 어떻게 에이스가 됐는가."

"아, 재환이 형! 진짜 그건 버릇이에요? 시작부터 또 초를 치시네."

상진은 투덜거리면서 어깨를 풀었다.

오늘은 원정 경기였고 충청 호크스의 공격이 먼저였다.

인천 드래곤즈에서 나오는 선발투수는 루이스.

작년부터 한국 프로 야구 리그에서 뛰기 시작하며 좋은 성적을 냈고, 재계약까지 한 투수였다.

투구 수가 100개를 넘어가도 시속 150킬로미터를 뛰어넘는 강속구를 뿌리는 파이어볼러였다.

우완이 아니라 좌완이었다면 메이저리그에서 더 오래 뛰었을지도 모르는 일이었다.

'메이저리그에서 뛰어 본 경험 있는 선수들이 오면 늘 경력 있는 신입이냐면서 투덜거렸었지.'

상진은 루이스가 공을 던지는 모습을 꼼꼼하게 살폈다.

작년에는 막판에 힘이 떨어지는 모습을 좀 보여 줬지만, 올해는 재충전하고 나와서 그런지 공 하나하나에 힘이 넘쳤다.
"무시무시하구만."
옆에 다가온 인재가 투덜거리는 목소리를 들으면서 상진의 얼굴도 꽤 진지해졌다.
"그러게요. 뭘 먹으면 저렇게 던질 수 있을까요."
"넌 뭐 허구한 날 먹을 거 타령이냐."
"먹는 게 남는 거니까요."
그리고 충청 호크스의 타자들은 전부 맥없이 물러났다.
3번 타자 송강민이 초구를 쳤지만 범타로 물러나는 걸 마지막으로 공수 교대 신호가 떨어졌다.
씹고 있던 육포를 목구멍 뒤로 넘긴 상진은 가볍게 으 으 하면서 그라운드 위로 걸어 나왔다.
1루 홈관중들에게서는 야유를, 3루 원정관중들에게서는 환호를 받으며 상진은 마운드 위로 올랐다.
[식사 시간이 되었습니다.]
[상대방의 포식 포인트를 표시합니다.]
[타자의 포인트는 41입니다.]
가볍게 인사를 한 상진은 두 타자를 모두 삼진과 땅볼로 처리했다.
그리고 상진은 타석에 들어서는 최자석을 바라보면서 씩 웃었다.
[타자의 포인트는 108입니다.]
'포인트도 그렇고, 시작부터 아주 등골이 오싹하구만.'

올해 첫 타석임에도 작년에 홈런을 세 방이나 맞았던 기억이 떠올랐다.

낮은 공을 던지는 건 주로 어퍼 스윙을 하는 최자석에게는 통하지 않을 터.

우타자니 슬라이더를 던지거나 혹은 커브를 이용해 볼 생각이었다.

상진은 재환과 재빠르게 사인을 주고받고 바로 투구에 들어갔다.

따악!

상진의 고개가 뒤로 홱 돌아갔다.

3번 타자 최자석이 친 공이 외야를 향해 힘차게 뻗어 나갔다.

—이거 큽니다!

중견수가 전력을 다해 질주하다가 뒤로 돌아섰다.

그리고 날아오는 타구를 가늠하다가 글러브를 내밀었다.

펜스로부터 몇 센티미터 떨어지지 않은 곳에서 잡히는 외야 플라이.

상진과 충청 호크스로서는 천만다행이었다.

—최자석 선수의 타구가 워닝 트랙 앞에서 잡힙니다!

—유중혁 선수가 깔끔하게 잡아서 아웃이 됐습니다.

—이상진 선수도 루이스 선수와 마찬가지로 1회를 삼자 범퇴로 마무리하고 내려갑니다.

중계석에서는 이닝을 무실점으로 끝냈다는 사실을 떠들어 댔지만, 상진은 달랐다.

더그아웃으로 돌아온 상진의 얼굴은 잔뜩 일그러져 있었다.

"젠장!"

예상은 했지만 메이저리그급이라는 말이 아깝지 않을 정도의 파워였다.

더할 나위 없이 좋은 힘에 살짝 위로 빗겨 맞았음에도 워닝 트랙까지 날아갔다.

굳이 입 밖으로 내진 않았어도 등골이 서늘해질 정도의 타구였다.

그래서 오히려 성질이 났다.

"그걸 거기까지 날릴 줄이야."

데이터는 머릿속에 얼마든지 집어넣어 뒀다.

하지만 역시 이미지 트레이닝과 실전은 달랐다.

인천 드래곤즈 선수들의 장타력은 상상했던 것 이상이었다.

공수 교대를 위해 마운드에서 더그아웃으로 돌아가는 상진의 얼굴은 살짝 일그러져 있었다.

"괜찮냐?"

"괜찮을 리가 있겠어요? 오늘 안으로 빚을 갚아 줘야겠죠."

이를 갈며 으르렁거리고 있는 상진을 보며 재환은 싱긋 웃었다.

상진은 뭔가 한 방을 맞으면 다음에 또 맞을까 봐 두려워하지 않았다. 그저 그걸 어떻게 갚아 줄까 고민하고 또 방법을 강구해 냈다.

불굴의 의지를 지닌 투수가 불평불만을 쏟아 내는 걸 들으면서 재환은 슬슬 다독여 줬다.

"살다 살다 외야 플라이로 아웃된 걸 빚이라고 하는 놈은 네가 처음이다. 아무튼 다음 이닝에는 4번 타자부터야. 누구인지는 알지?"

"당연히 알죠."

"그리고 외국인 타자도 나오니까 각별히 신경 써야 한다."

모를 리가 없다.

화끈한 드래곤즈의 타선에 걸맞는 4번 타자 정회열이 2회 선두 타자로 나온다.

게다가 6번에 있는 로버트는 더욱 무서웠다.

2017년부터 올해로 한국 프로야구 3년 차를 맞이하는 그의 장타력은 누구나 인정할 정도였으니까.

아니, 장타력만이 아니라 선구안부터 수비 능력까지 무엇 하나 빠지는 게 없다.

"정면 승부 할 거냐?"

"당연하죠!"

상진은 아득바득 이를 갈면서 고개를 끄덕였다.

이대로 그냥 물러설 수는 없었다.

반드시 삼진을 잡겠다고 벼르고 있는 상진을 보면서 재환은 어깨를 으쓱거렸다.

"종로에서 뺨맞고 한강에서 화풀이 한다더니."

*　　　　*　　　　*

더그아웃에 돌아와서 버럭거리는 상진과 별개로 드래곤즈의 더그아웃 분위기도 썩 좋지 않았다.

타석에서 돌아와 수비를 하러 나갈 준비를 하던 최자석은 아직도 아쉬움이 가득한 얼굴이었다.

"그게 안 넘어가네."

"아슬아슬했는데."

워닝 트랙에서 잡힌 게 여간 아쉬운 게 아니었는지 연신 펜스 쪽을 바라보면서 최자석은 고개를 주억거렸다.

그리고 들고 있던 글러브로 자석의 정수리를 툭툭 치면서 로버트가 씩 웃었다.

"오우~! 너무~! 실망하지~! 마요~!"

올해로 한국 생활 3년 차라 어느 정도 말을 익힌 로버트는 장난스럽게 웃으면서 펜스 쪽을 손가락으로 가리켰다.

"내가 치면 돼요~! 오우~!"

최자석은 씩 웃으면서 주먹을 맞대고 수비하러 그라운드로 나갔다.

이 팀의 최대 장점은 거를 타선이 없단 사실이었다.

특히 최자석부터 정희열, 이주원, 로버트로 이어지는 3~6번 클린업 라인은 한 방이 있었다.

한 명을 피한다고 해서 곱게 넘어갈 수 없었다.

"형은 좀 치기나 해요. 타율이 1할대가 뭡니까?"

"그래도 점수는 내잖냐."

"홈런이나 못 치면 진짜 형이고 뭐고 입을 확 찢을 텐데."

내일 선발로 나갈 김강현은 희희덕거리는 동료들을 보면서 입을 비죽거렸다.

그리고 마운드 위에 서 있는 루이스를 향해 응원을 시작했다.

*　　　*　　　*

—양 팀 투수들의 기세가 대단하네요.

—한국 프로 야구에서 2년 차를 맞이하며 루이스 선수의 공이 더욱 좋아졌습니다.

—현장 코칭스태프도 올해 준비를 잘해 온 것 같다면서 만족했다고 하는군요.

—2회 초 충청 호크스의 공격도 아무런 소득 없이 끝납니다.

—벌써 탈삼진이 4개째네요. 루이스 선수가 작년 이상의 실력을 유감없이 보여 주고 있습니다.

150킬로미터를 넘나들면서도 자신 이상으로 구석구석 찌르는 제구를 보여 주고 있었다.

그러면서도 중간중간 보여 주는 퍼포먼스는 은근히 기분 나쁘게 만드는 요소가 있었다.

루이스의 투구 하나하나를 더그아웃에서 관찰하던 상진은 묘한 미소를 지었다.

"재환이 형, 다음 타석에 서면 초구에는 한가운데 패스트볼을 노려봐요."

"패스트볼? 왜?"

"루이스 선수가 우리를 완전히 깔보고 있네요. 자신감에 차다 못해 아예 칠 테면 쳐 보라는 식으로 던지네요."

"일단 이번 수비나 준비해라, 인마."

자신감에 활활 불타는 공을 던지는 모습을 보면서 부럽기도 했고 오히려 호승심이 타오르기도 했다.

한국 야구의 전설에 도전하고 싶은 마음은 굴뚝같았다.

하지만 전설에 도전하기 위해서는 우선 현재 프로야구에서 군림하는 최정상급 선수들을 무너뜨릴 필요가 있었다.

그건 비단 타자들만이 아니었다.

바로 눈앞에서 공을 던지고 있는 드래곤즈의 선발투수 루이스도 마찬가지였다.

"음?"

상진은 충청 호크스의 공격이 끝나고 더그아웃으로 돌아가던 루이스와 눈이 마주쳤다.

우연이 아니었다.

의도했던 것처럼 딱 눈이 마주친 루이스는 상진을 향해 씩 웃어 보이고는 더그아웃으로 들어갔다.

그게 무슨 의미인지는 말하지 않아도 명확했다.

"호오, 한번 해보자 이거지?"

올해 들어서 도발을 해 본 기억은 있어도, 도발당해 본 기억은 거의 없었다.

그런 신선한 기분을 느끼게 해 줬으니 보답을 해 주는 게 인지상정 아니겠는가.

상진은 글러브를 챙기며 뛰쳐나가듯 마운드 위로 올라갔다.

"4번 타자부터 시작이라."

딱히 생각해 보면 특이할 것 없는 타선이었다.

주로 어퍼 스윙을 많이 해서 공을 퍼올리는 식으로 배트를 휘두르는 타선이었다.

조금 전에 외야 플라이로 아웃된 최자석 선수만 해도 그랬다.

아주 낮게 제구된 패스트볼을 어퍼 스윙으로 걷어 내니 끝없이 날아가 버렸다.

"어퍼 스윙에 대처하는 법은 뭐, 여러 가지가 있긴 하겠지만."

어떻게 보면 이쪽이 더 마음 편할지도 모른다.

수 싸움은 어느 타자를 맞이해도 똑같이 하는 작업이지만, 드래곤즈의 타선을 상대할 때는 다른 때보다 조금 더 편했다.

큰 걸 맞느냐, 안 맞느냐의 싸움이었다.

"스트라이크!"

정희열의 배트가 힘차게 허공을 갈랐다.

스트라이크존 한가운데로 오다가 바깥쪽 아래로 휘어지는 슬라이더에 배트가 헛나온 것이었다.

하지만 그러고도 별다른 표정 변화도 없이 다음을 준비했다.

'드래곤즈에 와서 최자석 선수의 폼과 비슷해졌다더니. 올해는 완전히 판박이가 됐네.'

작년에는 똑같이 어퍼 스윙을 하면서도 조금 더 조심스러운 타격을 보였다.

올해는 과연 어떨까.

"파울!"

두 번째 투구를 당겨서 쳤지만 3루 관중석 쪽으로 날아가는 파울이 됐다.

높게 치솟았다가 떨어지는 공을 보면서 상진은 가볍게 휘파람을 불었다.

조금만 더 바깥쪽으로 빠졌다면 좌익수 쪽으로 날아가는 큼지막한 타구가 됐을 게 분명했다.

'이거 공 하나하나가 살 떨려서 살겠나.'

속으로 투덜거리면서도 상진은 이를 악물었다.

이제 고작 2회다.

자신은 최고의 투수가 되기로 마음먹었다.

이 정도 파워를 가진 타자들은 메이저리그에 가게 된다면 얼마든지 만나게 될 텐데 여기에서 겁낼 이유는 없다.

'힘으로 나온다면 힘으로 찍어 눌러 주마.'

상진은 요새 조금씩 비중을 늘리기 시작한 투심을 던졌다.

스트라이크존 한가운데로 파고드는 공은 희열이 휘두르는 배트를 아슬아슬하게 피해 내며 바깥쪽 아래로 휘어졌다.

희열은 꼼짝없이 삼진을 당했음에도 무덤덤한 얼굴로 고개를 끄덕이며 돌아섰다.

그 모습을 보면서 상진은 쓴웃음을 지었다.

언제고 하나만 걸려 보라는 식의 스윙이었다.

하지만 지금 상진에게 그것보다 무서운 건 없었다.

'다음은 이주원인가.'

공격형 포수라는 이야기를 듣는 이주원은 생각보다 파워가 떨어지는 타입이었다.

그래도 콘택트 능력은 다른 타자들에 비해서 상당히 좋았다.

하지만 문제는 이주원의 성향이었다.

"스트라이크!"

보통 좌우놀이, 플래툰 시스템을 채용하는 이유는 좌타자는 좌완 투수에게, 우타자는 우완 투수에게 약하기 때문이다.

하지만 이런 와중에도 이주원은 극단적으로 우완 투수에게 약했다.

물론 주전급 선수로 성장하면서 그런 모습은 크게 줄어들었지만, 상대는 이상진이었다.

"스트라이크!"

2구 연속으로 슬라이더가 들어오자 이주원의 얼굴도 일그러졌다.

하지만 상진은 마지막 결정구를 던져 결국 삼진을 잡아냈다.

순식간에 투아웃을 잡은 상진은 천천히 타석에 올라오는 외국인 타자를 보면서 식은땀을 흘렸다.

[타자의 포인트는 124입니다.]

여태까지 봤던 그 어떤 타자보다도 강렬한 포인트였다.

쉽지 않은 사냥감이라고 생각하면서 상진은 신중하게 사인을 교환했다.

한 번이라도 삐끗하는 순간 바로 홈런을 맞을지 모른다는 예감이 들 만큼 로버트에게서 느껴지는 위압감은 장난이 아니었다.

'콘택트은 별로지만, 선구안은 별개로 좋다. 출루율이 타율하고 비교해서 1할 가까이 차이 나는 정도니 할 말은 다 했지. 어쭙잖은 공은 눈을 속이지 못할 텐데 뭘 던지나.'

작년에도 3할 초반대의 성적을 거뒀고 4할의 출루율을 기록했다.

그나마 다행인 건 요새 인천 드래곤즈가 전체적으로 팀 타율이 저조하단 점이었다.

로버트 역시 2할 초반대를 달리고 있을 정도로 좋지 않았다.

아직 타격감이 올라오지 않았을 때 사냥을 해 둬야 한다.

"볼!"

바깥쪽으로 아슬아슬하게 빠지는 공을 그냥 놔두었다.

스트라이크로 봐도 무방한 공이 볼로 판정되자 상진은 약간 아쉬운 표정을 지었다.

그래도 금방 털고 다음 공을 준비했다.

'그냥은 안 치겠다, 이거지?'

초구를 우선 스트라이크로 집어넣고 승부를 적극적으로 가져가는 상진의 성격상 볼이 된 건 약간 타격이었다.

그래도 이상진 역시 올해로 데뷔한 지 11년 차가 되는 투수였다.

초구로 볼을 주는 걸 싫어했어도 줘 본 적이 없는 건 아니었다.

그다음에 어떻게 할지는 이미 생각해 두고 있었다.

* * *

아슬아슬한 공이었기에 배트를 내 볼까 말까 고민했었다.

로버트는 바깥쪽으로 공이 빠지자 속으로 안도의 한숨을 내쉬었다.

요새 타격 컨디션이 영 좋지 않은 게 마음에 걸렸다.

아까 자신만만하게 이야기하긴 했어도 솔직히 만만한 상대가 아니란 걸 느끼고 있었다.

'작년하고는 전혀 다른 투수가 됐다더니 정말이네. 이렇게 치기 어려웠나?'

이렇게 생각하는 사이 두 번째 공이 날아왔다.

딱 보자마자 느껴지는 구종은 패스트볼.

그것도 스트라이크존에 들어오는 공임을 직감하자마자 로버트의 배트는 본능적으로 움직였다.

그런데 생각했던 코스보다 조금 더 높이 들어왔다.

따악!

살짝 위로 빗겨 맞은 공은 한없이 위로 솟구쳤다.

하지만 앞으로 나가지는 못했다.

1루수가 글러브를 들어 공을 잡아 내는 모습을 보면서 로버트는 쓴 입맛을 다셨다.

'대단한데?'

더그아웃에서 구경하고 있던 투수 루이스도 상진의 투구에 감탄했다.

140킬로미터 중후반의 구속과 패스트볼의 구위를 본다면 자신보다는 아래였다.

그런데도 드래곤즈의 강타선을 상대해서 도망치지 않고 정면 승부를 해 왔다.

놀라운 배짱이 아닐 수 없었다.

'응?'

그때 루이스는 뭔가 이상한 시선을 느끼고 고개를 갸웃거렸다.

방금 전 이닝을 마치고 마운드를 내려가던 이상진이 잠깐 멈춰 서서 이쪽을 바라보고 있었다.

그리고 눈을 마주친 건 결코 기분 탓이 아니었다.

'웃어?'

그것이 도발이라는 걸 깨달은 루이스의 두 눈에서 불똥이 튀었다.

그리고 루이스에게 어깨를 으쓱여 보이고는 뒤로 돌아선 상진은 콧노래를 부르며 다음 이닝을 구상하기 시작했다.

'되로 받으면 말로 돌려줘야 한국인의 정이지.'

물론 먼저 도발해 온 것에 대해서는 톡톡하게 대가를 치르게 해 줄 예정이었다.

루이스와 이상진.

양 투수의 투구 수가 조금씩 늘어날 때마다, 이닝이 지나갈 때마다 환호하던 관중들은 점점 숨을 죽였다.

오히려 열띤 목소리를 높이는 건 해설자와 캐스터 쪽이었다.

―오늘은 화끈한 투수전이 벌어지고 있습니다.

―양 팀 타자들이 전부 맥없이 물러나는군요.

―5회까지 두 투수의 투구 수는 이제 60개를 갓 넘었습니다.

―이렇게 명품 투수전은 정말 오랜만에 보는군요.

루이스와 이상진이 벌이는 투수전에 해설진은 흥분해서 계속 떠들었다.

물론 그라운드에서 뛰고 있는 선수들에게는 그게 들릴 리는 없었다.

5회를 끝낸 이상진의 투구 수는 60개.

마운드에서 마지막 공을 던지고 내려가는 상진의 눈앞에 시스템 메시지가 떠올랐다.

[경고: 투구 수가 60을 돌파하여 체력이 10 하락합니다.]

이마의 땀을 닦아 내며 상진은 자신이 비운 마운드에 오르는 루이스를 바라봤다.

아까부터 공수 교대 할 때마다 서로를 노려보는 게 일상처럼 됐다.

부담스러웠다.

상대방이 무실점을 기록하며 이닝을 하나씩 하나씩 쌓아갈 때마다 서로에게 느껴지는 중압감은 몇 배씩 늘어났다.

누가 먼저 실점을 하는가.

공교롭게도 두 투수 모두 안타를 하나도 내주지 않고 있었다.

그리고 서로 먼저 점수를 내주지 않기 위해 기를 쓰고 던지고 있었다.

—두 투수 모두 5회까지 노히트노런을 기록하고 있습니다.

—올해 공인구가 바뀐 영향도 있는 것 같지만 두 투수 모두 엄청나네요.

—출루를 허락한 것도 이상진 선수가 볼넷 하나, 루이스 선수가 두 개를 줬을 뿐입니다.

—이제 6회 초 충청 호크스의 공격이 시작됩니다.

—양 팀 모두 오늘 타격이 뚫리질 않네요. 막혀 있는 타격의

혈을 뚫어 줄 주인공은 누가 될까요.

해설자와 아나운서의 대담이 무색하게 루이스의 공은 시속 150킬로미터를 넘나들며 포수 미트에 틀어박혔다.

60개를 넘어 70개를 돌파하려는 그의 스태미너는 아직도 용암처럼 끓어오르고 있었다.

손이 얼얼해질 정도의 공을 받아 내면서 포수 이주원은 살짝 얼굴을 찡그렸다.

하지만 그 공을 그냥 보내야 했던 타자 입장에서 더 기가 막혔다.

"미치겠네. 저걸 어떻게 치라는 거지?"

충청 호크스의 타자들은 고개를 절레절레 흔들었다.

웬만한 파이어볼러는 다 겪어 봤지만, 루이스는 상상 이상이었다.

방금 전에 본 포심 패스트볼도 패스트볼이었지만, 다른 변화구가 약한 것도 아니었다.

선두 타자로 나온 정건후는 이를 갈며 약간 느릿느릿하게 날아오는 공을 향해 배트를 휘둘렀다.

"스트라이크!"

약간 느리게 날아오다가 뚝 떨어지는 포크볼에 속아 버렸다.

전 타석에서도 당했는데 또 당해 버렸다.

땅바닥에 바운드되는 공에 헛스윙을 한 건후는 배트를 휘둘러 보며 혀를 내둘렀다.

국내에서도 손꼽히는 파이어볼러면서도 조금 전처럼 타자를 완벽하게 속이는 변화구도 일품이었다.

"스트라이크! 아웃!"

높게 날아온 공에 그만 배트를 내고 말았다.

마지막 세 번째까지 헛스윙을 하며 어이없이 삼진을 당한 건후는 더그아웃으로 돌아오며 자신을 바라보는 팀원들과 눈이 마주쳤다.

전부 허탈하게 웃기만 하고 있었다.

"왜?"

"아뇨. 그냥 다 똑같으니까 할 말이 없어서 그래요."

그래서 멀뚱멀뚱 바라보기만 했다는 말이었다.

건후는 작게 한숨을 쉬고는 더그아웃의 벤치에 앉아 있는 상진을 흘끗 바라봤다.

상진은 혼자 앉아 있는 상진은 휴식하고 있는데도, 가까이 다가가기 힘든 기세를 뿜어내고 있었다.

노히트노런을 기록하고 있는 투수는 건드는 게 아니긴 했다.

근처에만 가도 살기에 가까울 정도로 무서운 기세를 내뿜는 모습을 보니 왠지 무서웠다.

"노히트노런이라."

"오늘 상진이 형은 진짜 귀신같네요."

"무시무시한 집중력이야. 아까 도발도 당해서 그런지 아주 이를 갈고 있어."

"지금 중얼거리는 게 뭔지 알아요? 저쪽 타자들 데이터를 중얼거리면서 어떻게 요리할지 연구하고 있어요."

타자들의 약점을 분석하는 일은 투수들이 늘 해 오는 일이긴 했다.

하지만 상진은 그걸 한 차원 더 뛰어넘어 머릿속에서 시뮬레이션을 돌리며 이미지 트레이닝을 하고 있었다.

한창 머릿속에서 상대 타자를 아웃시키는 광경을 그려 보던 상진은 밖에서 들리는 심판의 목소리에 고개를 들었다.

"스트라이크! 아웃!"

9번부터 시작된 충청 호크스의 공격은 순식간에 끝났다.

다시 한번 공수 교대 사인이 나오고 충청 호크스의 선수들은 일제히 수비할 준비를 하며 더그아웃 밖으로 나갔다.

그라운드로 나가면서 상진은 씩 웃었다.

"왜 웃냐?"

"그냥 지금 상황이 재미있어서요."

"퍽이나 재미있겠다."

수비를 하기 위해 나가는 선수들마다 상진에게 핀잔을 던졌다.

그리고 상진의 어깨를 두드리며 격려하는 선수도 있었다.

"뭘, 재미있구만."

물론 투수와 함께 노히트노런을 만들고 있는 재환은 무척이나 재미있었다.

무엇보다 오늘 상진과의 케미가 너무 잘 맞았다.

서로 생각이 연결됐다고 해도 과언이 아닐 정도였다.

다만 하나 걱정되는 게 있었다.

"몇 구까지는 버틸 수 있을 거 같냐?"

"100구까지는 그럭저럭요."

"그건 다행이다. 저쪽도 100구 넘게 던질 수 있을 거 같아서 말이지."

마운드에서 내려가서 더그아웃으로 돌아가는 루이스가 이쪽을 향해 도발을 해 오고 있었다.

손가락을 까딱거리면서 해볼 수 있냐고 묻는 듯한 모습이었다.

"도발해 오네?"

"후우, 어디 한번 해보자고 하죠."

또다시 상진의 이성에 불이 붙어 타오르기 시작했다.

* * *

—7회까지 완벽하게 틀어막습니다!

—오늘 경기에서 이런 명품 투수전을 볼 수 있을 거라고 상상이나 했을까요. 루이스 선수와 이상진 선수가 상대 팀의 타선을 꽁꽁 틀어막고 있습니다!

—안타 하나 치기 버겁네요.

[경고: 투구 수가 70을 돌파하여 체력이 10 하락합니다.]

[경고: 투구 수가 80을 돌파하여 체력이 10 하락합니다.]

또다시 투구 수가 80개를 넘겼다.

7이닝까지 루이스와 자신이 맞은 안타의 수는 0.

그리고 볼넷은 서로 두 개씩 모두 4개였다.

"거, 드럽게 끈질기네."

상진은 투덜거리면서 입에 머금고 있던 물을 뱉어냈다.

아무리 스킬이 있다고 해도 물배를 채우는 건 투구 밸런스에 좋지 않아서였다.

그리고 루이스 역시 상진과 똑같은 마음이었다.

"퍼킹."

마음속으로 중얼거리던 욕을 입 밖으로 쏟아내면서 루이스는 거칠게 화를 냈다.

점수를 제대로 내지 못하고 빌빌거리는 같은 팀 타자들에 대한 분노이기도 했고, 계속 따라붙는 이상진에 대한 분노이기도 했다.

"어떻게 된 자식이길래 이렇게 끈덕져!"

그리고 그건 인천 드래곤즈의 다른 선수들도 똑같은 생각이었다.

당장 작년만 생각해 봐도 도망치는 투구만 하던 이상진이었다.

그런데 올해는 전혀 딴판이 된 듯한 투구로 타선을 휘어잡고 있었다.

임경혁 감독도 이상진이 이렇게까지 무시무시한 투구를 이어 나갈 줄은 꿈에도 몰랐다.

"감독님, 어쩔까요?"

콘택트 능력이 좋은 선수들로 하여금 투구 수를 늘리려고 해 보는 것도 효과가 없었다.

오히려 요새 콘택트 능력이 떨어져 있는 타선에게 악영향만 불러일으켰다.

한 타순 돌자마자 그걸 깨달은 임경혁 감독은 바로 작전을 바꿔 선수들의 자율에 맡겼다.

하지만 그것도 딱히 좋은 방법은 아니었다.

붕붕 휘두르며 큰 스윙을 하는 선수들은 이상진의 좋은 먹잇감에 불과했다.

―3번 최자석 선수! 쳤습니다! 외야로 쭉쭉 날아갑니다!

"오!"

"제발!"

이 한 방으로 절묘하게 이어 가던 균형이 무너졌다.

* * *

담장을 넘어간 공을 바라보며 상진은 어처구니없다는 얼굴로 헛웃음을 터뜨렸다.

언제까지고 무실점 호투를 이어 갈 수 있으리라 생각하진 않았다.

그래도 약간 빗맞았다고 생각한 타구가 펜스를 넘어가니 왠지 허탈하기까지 했다.

'역시 아직은 힘이 부족한 걸까.'

시스템을 얻었다고는 해도 아직 정상급 선수들에게는 미치지 못한다고 생각하고 있었다.

그래도 조금쯤은 비빌 수 있지 않을까 하는 자신감이 있었다.

그런데 이렇게 막상 홈런을 맞고 보니 정신이 번쩍 들었다.

'힘으로 정면 승부 하려고 했던 게 실수였어.'

냉정하게 상대 팀을 분석했고 루이스의 도발에 역으로 맞받아쳤다고 생각했다.

하지만 아직 힘이 부족했다.

"어쩔 거냐?"

마운드에 올라온 재환이 넌지시 물었다.

처음에는 공도 잘 뻗었고 힘도 있었다.

하지만 가면 갈수록 인천 드래곤즈의 강타선을 상대하는 게 힘에 부치는 걸 느낄 수 있었다.

그래도 상진은 고개를 가로저었다.

"계속해 보죠."

"좋아. 그런데 더그아웃에서 감독님하고 코치님이 눈에서 레이저를 쏘고 계시는데 어쩌지?"

공을 계속 글러브에 넣었다 뺐다 하며 더그아웃을 흘끗 바라본 상진은 어깨를 으쓱하면서 그냥 웃었다.

“무시해야죠.”

그리고 상진은 남은 타자 둘을 가볍게 삼진과 땅볼로 잡아냈다.

혹시라도 홈런을 맞은 충격에 동요하진 않았나 걱정하던 재환은 가슴을 쓸어내렸고 더그아웃에서도 안도의 한숨을 내쉬었다.

“야, 괜찮…….”

“젠장! 그걸 걷어 내냐! 그것도 잘 들어간 투심이었는데 빗맞는 게 정통으로 맞아서 그게 날아가냐고! 쳐도 적당히 쳐야지 잘 던진 걸 그렇게 받아 내냐! 빌어먹을!”

들어가자마자 글러브를 집어 던지면서 날뛰는 상진을 보면서 한현덕 감독은 그저 멍한 표정을 지을 뿐이었다.

8회 초 공격을 위해 준비하던 선수들은 길길이 날뛰며 씩씩거리는 상진을 보면서 피식피식 웃었다.

“오랜만에 보네.”

“저게 몇 년 만인가 싶네요.”

“응? 무슨 말이냐?”

다른 팀에 있다가 작년에 한현덕 감독을 따라 처음 부임한 박달재는 무슨 말인지 영문을 몰라 했다.

“저 녀석, 신인 시절부터 경기가 잘 안 풀리면 저렇게 혼자 화풀이하곤 했거든요.”

“그냥 놔두면 금방 괜찮아질 거예요.”

“이놈들아, 재 저러는 거 보면서 웃음이 나와? 얼른 나가서 점수나 만들어 와라."

"와, 코치님, 점수가 무슨 시장에서 채소 사는 건 줄 아십니까?"

"집에 가서 마누라 장 보는 것도 안 도와줄 놈이 무슨 채소를 사? 나가서 방망이나 휘둘러라."

"예이, 예이. 여부가 있겠습니까요."

낄낄거리던 타자들은 이내 그라운드에 발을 디디자마자 얼굴을 굳혔다.

지금까지 점수를 내지 못한 건 타자인 자신들이 본연의 임무를 다하지 못한 탓이었다.

부상에서 복귀해서 그동안 재활에 재활을 거듭하고 고행에 가까운 훈련을 해 온 상진의 모습을 늘 봐 온 동료들이었다.

이대로 물러설 수는 없었다.

따악!

—6번 타순에 배치된 송강민 선수가 초구를 쳤습니다!

—간다! 간다! 간다! 넘어갔습니다! 최자석 선수의 홈런에 맞불을 놓는 송강민 선수의 선제 솔로 홈런!

—충청 호크스가 루이스 선수의 노히트를 깨고 단숨에 동점을 만듭니다!

그리고 초구에 본능적으로 배트를 휘둘렀다가 얻어걸린 송강민은 베이스를 돌며 얼떨떨한 표정을 지을 뿐이었다.

*　　　*　　　*

루이스와 이상진 모두 약속이라도 한 듯 8회가 지나자마자 교체됐다.

이상진의 경우는 지난번에도 겪었듯이 투구 수가 80개가 넘어가면 페널티로 인해 구속과 구위가 급격히 저하됐다.

루이스의 경우는 교체하지 않아도 될 정도였지만, 상대 팀의 임경혁 감독의 판단 때문이었다.

홈런을 맞았기에 노히트노런이 깨진 지금 멘탈적인 문제가 있다고 판단한 그는 투수 교체를 빠르게 가져갔다.

하지만 결과는 양 팀 모두에게 만족스럽지 않았다.

—1 대 1로 경기가 끝납니다!

—무승부! 12회까지 양 팀 모두 추가점을 내지 못합니다!

—드래곤즈와 충청 호크스 모두 마무리 투수까지 동원해서 최선을 다해 막아 냅니다!

—마무리 정우한 선수가 12회에 3연속 삼진을 잡아낸 게 인상 깊은 장면이었습니다!

결국 서로 선발투수가 내준 피홈런 한 방씩으로 끝나 버렸다.

하마터면 패전투수가 될 뻔했던 상진은 오늘 홈런을 쳐 준

강민을 끌어안아 주고는 상대 팀 쪽 더그아웃을 바라봤다.
우연일까.
마침 상대 선발인 루이스도 이쪽을 바라보고 있었다.
"뭘 꼬나봐?"
물론 들릴 리 없는 말이었다.

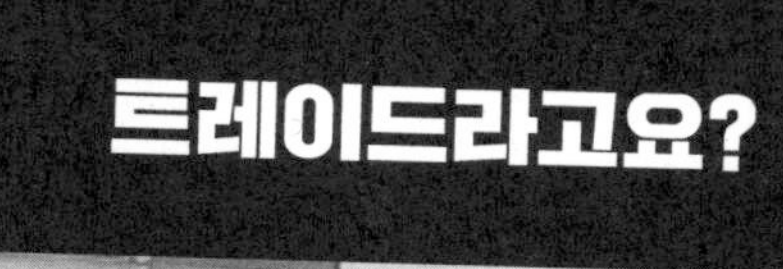
트레이드라고요?

“저놈은 왜 저렇게 눈이 퀭해?”

다음 날 구단에 출근한 상진을 본 한현덕은 그만 웃음을 터뜨렸다.

그리고 그보다 영 좋지 않은 상태였던 걸 발견해 먼저 이야기를 나눴던 재환이 그를 따라 웃음보가 터졌다.

“어젯밤에 잠을 못 잤대요.”

“무승부 난 것 때문에?”

“아뇨. 홈런 맞은 거 때문에요.”

어제 8이닝 1실점으로 아주 훌륭한 투구를 했다.

그것도 인천 드래곤즈의 에이스라고 할 수 있는 외국인 투수 루이스를 상대로 말이다.

칭찬을 받아도 모자랄 판에 홈런 한 방 맞고 1실점 한 것 때문에 밤잠을 설쳤다니.

한현덕 감독은 어처구니가 없으면서도, 한편으로는 감탄했다.

"정말 작년하고 다른 사람처럼 보이네."

"저도 그렇게 생각합니다. 완전히 딴판이에요. 생각하는 것도, 자신감이나 자존심도. 무엇보다 저렇게 구속하고 구위가 좋아졌는데도 향상심이 남아 있다는 게 무서울 정도네요."

끊임없이 노력하려는 모습이 엿보인다.

처음에 상진이 먹는 것에 대해서 불만스러워하던 코칭스태프들이나 트레이너들도 이제는 그걸 납득했다.

먹는 것은 오로지 단백질 위주였으며, 훈련 시간은 물론 훈련 방식도 매우 체계적이었다.

그리고 트레이너들과 늘 의견을 교환하며 몸 상태를 끊임없이 체크하는 모습도 인상적이었다.

"그래서 오늘은 왜 나온 거지?"

어제 선발로 8이닝이나 던진 상진이었다.

야구적인 상식에서 어제의 선발은 이제 루틴 관리를 위해 휴식을 취해야 했다.

"트레이너들하고 근육 상태 체크하고 스태미너를 늘릴 훈련 방법을 생각해 본다고 하네요."

"스태미너?"

"네. 요새 체력적으로 좀 달리는 걸 느끼나 봐요."

그 말은 납득할 만했다.

선발로 전환한 이후 상진은 투구 수가 늘어나면 늘어날수록 체력이 급감하는 모습을 보여 왔다.

처음에는 140킬로미터 중후반대의 패스트볼을 던졌다면 어제 8회에 가서는 130대 중반까지 구속이 떨어졌다.

오랫동안 불펜에서 패전 처리조를 해 왔으니 꾸준히 준비해 온 선수들보다 체력이 떨어지는 건 당연한 일일지도 모른다.

"흐음."

"뭐, 여태까지 잘해 온 녀석이니까 앞으로도 잘하지 않을까요?"

"그런 녀석이 불안하니까 하는 소리지."

"예?"

재환이 고개를 갸웃거리자 한현덕 감독은 트레이너와 한창 이야기를 하고 있던 상진을 보며 쓴웃음을 지었다.

"여태까지 잘해 왔던 녀석이 앞으로도 잘할 거라고 믿는 건 곤란한 일이지. 그러다가 망가지는 녀석을 많이 봤거든."

철저하게 자신을 관리하며 프로 생활을 하지 않는다면 아무리 천재라고 불리는 선수라고 해도 쉽게 망가진다.

자신이 종사하는 분야에서는 만능 그 이상의 모습을 보여 줄 수는 있다.

하지만 주위 환경이나 멘탈적인 부분에서는 의외로 취약한 모습을 보여 주는 게 운동선수였다.

"형진이도 그랬지. 고등학교 졸업하고 바로 에이스로 떠받들어 졌을 때는 신나했지. 그런데 계속 등판하면서 지쳐 가는데, 고등학교 갓 졸업한 녀석이 까마득한 선배들이나 한국 야구의 원로 취급받는 감독님한테 뭐라고 말할 수도 없었지."

그러던 녀석이 100이닝을 넘기고 200이닝에 가까워지자 지친 기색이 역력했다.

게다가 주위에서 쏟아지는 기대에 점점 힘겨워했다.

그러다가 결국 부상으로 시즌을 제대로 소화하지 못하는 경우까지 찾아왔다.

"아무리 천재라고 불리는 선수라도 옆에서 지탱해 주는 누군가가 필요하게 마련이야."

"제가 있잖습니까, 감독님."

자기 가슴을 치면서 재환이 자신만만하게 말하자 현덕은 피식 웃으면서 어깨를 두드려 주었다.

"그래. 내가 널 믿지, 누굴 믿겠냐."

* * *

시스템의 문제를 떠나서 투구 수가 늘어나면 체력도 소모된다는 건 누구보다 잘 알았다.

롱 릴리프를 자주 해서 그래도 자신이 있었는데 오산이었다.

지금은 무엇보다도 체력을 키워야 할 때였다.

"형은 여기에 웬일이에요?"

"웬일이긴. 가볍게 땀이나 빼러 왔지."

러닝머신 위에서 한참을 뛰다가 내려와 숨을 고르던 상진은 막 트레이닝실에 들어오는 인재를 보며 인사했다.

"괜찮냐?"

"뭐, 괜찮죠. 밤에 잠을 좀 설친 거 빼고는?"

"홈런 하나 맞았다고 잠 설치기는. 아직도 애냐?"

"애가 아니니까 잠을 설친 거죠. 데뷔하고 얼마 안 됐을 때는 그냥 그러려니 하고 잤어요."

최자석에게 홈런을 맞던 그 광경을 떠올릴 때마다 이가 부득부득 갈려서 도저히 잠을 잘 수 없었다.

하도 잠이 오지 않아서 어젯밤에 한 짓이 자신이 투구했던 영상을 되돌려 보는 일이었다.

그리고 홈런을 맞던 장면을 수십 번은 더 돌려봤다.

'실투였어. 나는 완벽하게 던졌다고 생각했지만 부분적으로는 실투였어. 왜 거기에서 낮은 공을 던졌던 거냐! 이 머저리야!'

어퍼 스윙을 주로 하는 최자석은 낮은 공을 걷어 올리는 타격을 자주 한다.

그걸 뻔히 알고 있는데도 낮은 공으로 승부를 보려고 했던 자신의 멍청함을 저주했다.

그렇게 날밤을 새우고 잠도 두어 시간밖에 못 잤으니 눈 밑이 퀭한 건 당연했다.

"그래도 컨디션은 조절해 둬라. 그러다가 다음 경기에도 홈런 맞을라."

"내가 이번 시즌에 또 홈런을 처맞으면 내가 이상진이 아니라 김상진이요."

"그럼 시즌 끝나고 봅시다, 김상진 씨."

"이런 씁."

인재는 낄낄거리면서 간단하게 스트레칭을 시작했다.

컨디션을 조절해야 한다는 말에는 동의하는지라 상진도 일어나서 음료를 마시며 가볍게 몸 상태를 가다듬었다.

"오늘은 어떨 거 같아요?"

"내가 드래곤 잡는 매라고 불리는 남자야. 너처럼 홈런을 맞지는 않는다."

어제 홈런을 맞은 전적이 있던 상진으로서는 씩씩거릴 뿐, 할 말이 없었다.

*　　　*　　　*

시스템으로 올리는 것도 중요하지만 구속이나 구위보다 훈련으로 훨씬 올리기 편한 게 체력이다.

컨디션을 관리하면서도 상진은 꾸준히 훈련에 훈련을 거듭했다.

그건 4월 말에 벌어진 부산 타이탄즈와의 경기에서 증명됐다.

"스트라이크! 아웃!"

마운드에서 공 10개로 타자 셋을 돌려보낸 상진은 마운드에서 내려오며 가볍게 숨을 토해 냈다.

투구수가 60개를 돌파하면 10개 단위로 페널티를 받아 체력이 내려간다.

체력이 내려가면 구속과 구위 모두 일정 수치가 하락했기에 투구 수의 관리가 필요했다.

하지만 지금 상진이 주목하는 건 체력 수치 그 자체였다.

'공을 던질 때만 체력이 줄어드는 건 아니다. 1루로 베이스 커버를 갈 때도 그렇고 단순히 견제구를 던질 때도 영향을 받는다.'

결국 체력 수치는 마운드에 올라가서 하는 모든 행위에 영향을 받았다.

앞으로도 꾸준히 투구 폼이나, 투수로서 하는 모든 플레이에서 체력 소모를 최소화하도록 노력해야 했다.

하지만 지금은 당장 중요한 게 하나 있었다.

'이대룡.'

[상대방의 포식 포인트가 표시됩니다.]

[타자의 포인트는 137입니다.]

1회 말 충청 호크스의 공격이 끝나고 다시 마운드에 오른 상진은 타석에 오르는 거구의 타자를 보며 입술을 살짝 깨물었다.

포인트만 보면 인천 드래곤즈의 3번 타자 최자석보다 훨씬 까다로운 타자였다.

그리고 실제로 한국 프로 야구에 쌓은 족적 또한 무시 못

할 타자였다.

'일본과 미국에서도 성적을 내고 돌아온 괴물 타자.'

투수조 미팅에서 가장 많이 거론되는 타자이기도 했다.

그리고 상대해 본 모든 투수들이 고개를 절레절레 젓는 타자였다.

'컨디션이 좋을 때요? 미친 거 같죠. 어떤 구종을 던지더라도 쳐 낼 거 같다는 생각밖에 안 들어요. 체인지업에 한 번 속으면 같은 경기에서 두 번 다시 그 공에 안 속아요. 다음 경기라고 딱히 다를 것도 없죠.'

한국 야구의 전설로 남는다고 해도 과언이 아닐 정도의 선수였다.

물론 상진도 여태까지 여러 번 겪어 봤고, 여러 번 당해 봤다.

그리고 자신은 이대룡에게 단 한 번도 삼진을 뺏어 본 적이 없었다.

언제고 꼭 삼진을 잡아 보겠다며 벼르고 별렀던 상대였다.

"좋아. 아주 좋아."

괜히 드래곤즈한테 빰맞고 타이탄즈에게 화풀이하는 것 같긴 했다.

그래도 어차피 이대룡 역시 뛰어넘어야 하는 타자 중 하나.

일찌감치 승부를 보는 것도 나쁘지 않았다.

'그럼 초구는 뭐로 해 볼까.'

이상진이 이대룡을 어떻게 상대해야 할지 고민하는 것처럼,

이대룡 역시 이상진을 어떻게 공략해야 할지 생각하고 있었다.

작년과 달라진 구속과 구위.

그리고 변함없이 뛰어난 수 싸움은 상대하기 여간 곤란한 게 아니었다.

작년에도 이상진의 수 싸움에 휘말려 땅볼을 유도당했던 기억을 떠올리면서 이대룡은 사뭇 진지한 표정을 지었다.

'이번에는 어떻게 나올까. 초구는 대부분 스트라이크를 집어넣는다고 했지?'

이상진의 투구 패턴에 대해서는 머릿속에 전부 들어 있었다.

메이저리그와 일본 프로 야구를 경험하고 돌아온 대룡에게 있어서 한국 타자들은 적당한 상대에 불과했다.

물론 나이가 나이인지라 컨디션이 떨어지면 쉽게 회복되질 않았고, 몸도 여기저기 아픈 데가 있었다.

그걸 감안하더라도 이상진은 뛰어난 투수라기보다는 평범해 보였다.

"스트라이크!"

초구는 정말 아슬아슬했다.

몸 쪽 아래로 걸치는 공이 스트라이크 판정이 내려지자 대룡은 심판을 한번 쏘아보고는 다시 고개를 돌려 이상진을 바라봤다.

'고작 10구로 스트라이크존을 완벽하게 파악했네.'

아까 1회 때 공을 존 구석구석에 찔러 넣는 건 그저 승부를 어렵게 가져간 것만이 아니었다.

바로 심판의 존이 어떻게 되어 있는지 파악하기 위한 사전 작업이었다.

그걸 깨달은 대룡은 혀를 내두르면서도 배트를 쥔 팔에 힘을 약간 뺐다.

부드럽게 흔들리는 야구 배트가 그가 얼마나 유연하게 타격을 준비하는지를 보여 주고 있었다.

'존을 파악하는 거나 던지는 공의 배합만을 볼 때, 수 싸움만큼은 메이저리그급이군.'

가지고 있는 구종을 다양하게 사용한다는 것만으로도 얼마든지 칭찬받아 마땅한 일이었다.

그걸 구석구석 찔러 넣는 제구력도 칭찬받을 만했다.

'그래도 평범해!'

따악!

두 번째로 찔러 넣은 공은 약간 빗맞았다.

시속 140킬로미터 후반대로 던진 공은 아슬아슬하게 라인을 따라 날아갔다.

우익수 윌리엄이 쫓아가서 잡아 보려고 했지만, 파울라인 바깥에 떨어졌다.

펜스 근처였기에 상진은 심장이 두근거렸다.

만약에 바람이 조금이라도 불었다면 홈런이 될 가능성은 충분히 있었다.

그래도 상진은 웃었다.

'투 스트라이크.'

홈런성 파울이라고 해도 어차피 파울이다.

상진은 좋게 좋게 생각하면서 이대룡에게 카운트로 우위를 점했다는데 더욱 좋은 점수를 줬다.

어차피 야구는 결과론이다.

중간 과정과 관계없이 기록으로 모든 게 평가되는 스포츠였다.

아무리 잘 던져도 맞아서 점수를 주면 못난 투수가 되는 거고, 아무리 못 던져도 점수를 주지 않으면 좋은 투수가 된다.

"볼!"

투 스크라이크를 먼저 잡은 다음에 상진이 보여 준 건 뚝 떨어지는 체인지업이었다.

순간적으로 반응한 대룡의 배트는 중간에서 멈췄고 1루심에 의해 돌지 않았다는 판정을 받았다.

속으로 혀를 차면서 상진은 다음 공을 고민했다.

'처음 공은 슬라이더였고, 두 번째는 패스트볼. 그리고 세 번째는 체인지업이었지.'

이대룡은 어지간하면 한번 본 공에는 잘 속지 않는다.

하지만 요 근래 생긴 약점이 하나 있다.

시즌 초반에 좋았던 타격감이 요새 한창 저조한 시점이라는 점이다.

특출 나게 좋은 선구안으로 어떤 공이 오고 어떻게 쳐야 할지 안다고 해도, 몸이 따라 주지 않는다면 어쩔 수 없는 게 타자였다.

에이징 커브가 왔으되 기량 하락이 아주 천천히 이루어지고 있는 타이탄즈의 수위 타자.

그리고 상진은 대룡에게 4구째 공을 던졌다.

"파울!"

이번에는 끌어당겼는지 3루 쪽으로 빠지는 파울이었다.

조금도 방심할 틈을 주지 않는다고 투덜거리면서 상진은 다섯 번째 공을 던졌다.

이번에는 투심 패스트볼.

그리고 그 공마저 대룡은 쳐 냈다.

—이대룡 선수! 쳤습니다! 3루 쪽으로 굴러가는 공!

—3루수 송강민 선수가 공을 더듬습니다! 한 번에 잡지 못하는군요!

—뒤늦게 1루로 던져 봅니다!

강민이 글러브에서 공을 한 번에 빼내지 못하고 더듬거릴 때 상진은 아차 싶었다.

그리고 1루에 주자를 내보내게 됐구나, 하면서 속으로 한탄하는데 이상한 외침이 귀에 들려왔다.

"아웃!"

"응?"

주먹을 꽉 쥔 1루심의 판정 소리에 상진은 그만 너털웃음을 터뜨리고 말았다.

부산 타이탄즈의 4번 타자 이대룡의 또 다른 약점.

그건 바로 주력이었다.

—이상진 선수가 오늘도 쾌조의 스타트를 끊습니다!

—3회를 끝낸 지금 삼진이 벌써 다섯 개네요.

빗맞은 안타를 하나 맞기는 했어도 상진의 공은 여전히 유효했다.

무엇보다 오늘도 효율적인 투구를 이어 가고 있었다.

하지만 야구는 그라운드에서 뛰는 아홉 명이 함께 하는 스포츠라는 사실이 증명되기 시작했다.

상진의 유도에 걸려 땅볼이 된 타구가 유격수를 향해 굴러갔다.

—유격수 오선준 선수가 실책을 범합니다! 에러로 1루에 주자를 내보내는 부산 타이탄즈!

—타구가 3루 베이스를 맞고 뛰어오릅니다! 주자는 이제 1, 3루! 순식간에 주자가 채워집니다!

에러, 그리고 불운이라고 할 수밖에 없는 상황이었다.

땅볼로 잡혀서 아웃이 되어야 했던 타구 두 개가 순식간에 안타와 진루타로 변했다.

어처구니없는 상황에 포수인 재환은 물론이고, 더그아웃마

저도 당황했다.

—볼넷! 이상진 선수가 볼넷으로 이대룡 선수를 내보냅니다! 무사 만루 상황이 만들어졌습니다!
—아무리 이상진 선수가 멘탈이 강하다고 해도 이런 상황에서 흔들리지 않을 수는 없겠죠.
—송신우 투수 코치가 나옵니다!

세 번째 타자마저 볼넷으로 내보내자 충청 호크스의 더그아웃에서도 코치를 내보냈다.
투수를 교체한다면 불펜을 준비할 시간도 필요했고 무엇보다 흔들렸을 이상진의 멘탈도 붙잡아 줘야 했다.
그런데 마운드에 올라온 코치와 포수를 맞이하는 상진의 표정은 웃고 있었다.
"오셨어요?"
"올 거라고 예상이라도 한 것 같다?"
"뭐, 그렇죠. 괜히 나오셨네요."
"괜히 나오기는. 웃는 걸 보니까 아주 속이 부글부글 끓고 있구만."
재환의 말대로 상진은 화가 날 대로 나 있었다.
하지만 아무렇지도 않은 듯이 웃고 있는 건 자신만의 관리였다.
"그래서 어쩔 건데?"

"어쩔 수 없잖아요? 다 잡아야지."

"이 상황은 책임지게?"

"이번 이닝에 점수 내주면 선발 자리건, 1군 자리건 다 내던지고 2군 가겠습니다."

홧김에 하는 소리가 아니라는 걸 어렴풋이 느낄 수 있었다.

마운드에 막 올라와서 들었던 목소리는 조금 떨리고 약간의 분노도 섞여 있었다.

하지만 지금은 가라앉아 있었고, 어느새 목소리도 진정되어 있었다.

송신우 코치는 상진의 얼굴을 물끄러미 바라보다가 고개를 끄덕였다.

"그럼 감독님한테 그렇게 전한다."

그 말에 상진은 움찔하면서 약간 사정하는 듯한 눈빛으로 코치를 올려다봤다.

"왜?"

"아뇨. 그 말은 좀 빼 주시면 안될까요? 이닝을 책임지겠다고 한 말까지만."

그 말에 송신우 코치는 피식 웃으면서 되물었다.

"자신 없냐?"

"젠장! 자신 있습니다! 이번 이닝 무실점 못 하면 은퇴해 버릴 겁니다."

재환은 글러브로 얼굴을 가린 채 폭소했다.

그리고 송신우 코치가 더그아웃으로 돌아가자 어깨를 툭툭 두드려 주며 상진을 격려했다.

"그러게 왜 그런 말을 굳이 꺼내냐?"

"농담이죠. 적어도 코치님 기분은 풀어 드렸잖아요?"

"아까 2군 가겠다는 것도 농담이냐?"

"당연하죠."

농담이라도 1군 자리는 내던진다든가 은퇴한다는 말은 할 수 없다.

아까의 그 말은 자기 자신에게 들려주기 위해서 한 말과도 같았다.

무사 만루를 만든 것도 자신이니 이번 이닝도 자신이 분명히 책임진다.

상진은 이미 각오를 다지고 있었다.

"네 기분은 어떻게 하게?"

상진은 타석에 오르는 5번 타자 손화섭을 보면서 하얀 이를 드러냈다.

만만한 상대는 아니지만 적당한 사냥감이었다.

"그건 제가 알아서 해야겠죠."

*　　　*　　　*

무사 만루라는 진수성찬이 밥상 위에 차려졌는데, 그걸 걷어 차면 타자로서의 자격은 눈곱만큼도 없다.

0 대 0의 균형을 깨뜨리기에 아주 적당한 시간이었다.

외야 플라이를 날려도 1점이 나고 적어도 포수에게 잡혀서 아웃당하는 일만 없다면 땅볼을 쳐도 1점이 난다.

이만큼 타점을 올리기 적당한 때도 없다.

"흥흐흐흥."

화섭은 콧노래를 부르면서도 약간 긴장한 얼굴로 타석에 올라왔다.

이상진이 올해 들어서 만만하지 않다는 건 잘 알고 있었다.

그래도 실책과 행운의 안타를 맞아서 멘탈이 탈탈 털린 오늘이라면 얼마든지 털어먹을 자신이 있었다.

'실력으로 한국 야구에 족적을 남기겠다고? 여태까지 쌓은 건 쥐뿔도 없는 주제에.'

지난번에 상진이 했던 인터뷰에는 선수들도 각양각색의 반응을 보였다.

당장 경기를 치렀던 강북 브라더스의 선수들은 발끈하며 격앙된 반응이었다.

그리고 아직 경기를 치르지 않았거나 경기를 치렀던 팀의 선수들은 그냥 미적지근한 반응을 보이거나 웃어넘겼다.

실력으로 증명한다고 말했다가 소리 소문 없이 잊혀진 선수가 어디 하나둘일까.

하지만 상진의 거침없는 무실점 행진과 선발 전환이 웃어넘겼던 선수들마저 자극하기 시작했다.

그리고 화섭은 웃어넘겼던 선수들 중 하나였다.

'철저하게 짓눌러 주마.'

초구를 노리고 배트를 힘차게 휘둘렀다.

“스트라이크!”

“뭣?”

화섭은 짜증스러운 얼굴로 포수 미트를 흘끗 노려봤다.

생각했던 것 이상으로 예리하게 들어온 패스트볼은 슬쩍 아래로 꺾이며 화섭의 스윙을 피해 냈다.

투심 패스트볼.

‘올해 새로 던지기 시작한 구종이라지?’

비디오로도 몇 번 봤었지만, 직접 겪어 보니 생각보다 예리했다.

잘 다듬었으니 경기에서도 던질 수 있었겠지.

이렇게 생각하며 화섭은 다음 공에 대비했다.

웬만해서 같은 구종과 같은 코스로 잘 안 던진다고 알고 있었다.

그래서 다른 코스로 어떤 공이 들어올지 잠시 고민했다.

상진은 이 점을 파고들었다.

“스트라이크!”

“또?”

이번에도 투심이었다.

그것도 같은 코스로 들어오는 투심 패스트볼의 궤적을 보며 화섭의 얼굴이 팍 일그러졌다.

혹시라도 다른 공이 들어올까 봐 기다리고 있던 화섭이 움찔거릴 정도로 조금 전과 완벽하게 똑같았다.

'나를 무시해? 내가 개똥처럼 보인다 이거지?'

그런데 정신을 차려 보니 벌써 투 스트라이크였다.

어느새 카운트는 몰릴 대로 몰려 있었다.

볼을 던져도 어떻게든 배트를 휘둘러 커트를 해내야 하는 상황이었다.

'이상진은 투 스크라이크에서 아웃 카운트를 잡으려고 공을 던진다.'

그 사실을 알고 있어서 화섭은 더욱 두려웠다.

무사 만루에서 병살을 치더라도 1점을 낼 수 있는 상황은 있다.

하지만 여기에서 자신이 삼진으로 아웃을 당하면 다음에 병살이 만들어질 때 공격은 속절없이 끝난다.

안 그래도 요새 선수단이 연패를 해서 분위기도 썩 안 좋은데 공격을 맥없이 끊기게 만들 수는 없었다.

'무조건 쳐 주마.'

분명히 스트라이크존 안으로 들어온다는 확신이 있었다.

그리고 약간 느릿느릿한 공이 바깥쪽으로 들어왔다.

'실투?'

투심하고 비슷한 구속으로 날아오는 공에 화섭은 자신도 모르게 배트를 냈다.

그러면서도 포심과 다르게 약간 낮은 코스로 날아오는 투심에 대응하기 위해 배트를 휘둘렀다.

하지만 이번에도 또 속았다.

"스트라이크! 아웃!"

이번에 들어온 공은 바로 체인지업이었다.

배트가 공에 맞기 바로 직전에 아래로 뚝 떨어진 공은 바닥에 바운드되며 포수의 글러브 안으로 들어갔다.

그리고 화섭의 배트는 허공을 가른 채 굳어 있었다.

"이런 젠장!"

땅을 거칠게 걷어차며 분노의 고함을 지른 화섭의 뒷모습을 보며 상진은 손가락 하나를 치켜들었다.

"원아웃."

* * *

실책도 있고 빗맞은 타구도 있었다.

하지만 오늘 상진은 흔들리고 흔들리되, 결코 꺾이지 않았다.

타이탄즈의 안상면 감독은 평소에 침착하고 신사답던 얼굴에 노기를 띠고 있었다.

당장에라도 고함을 지르고 싶은 마음이었다.

안타는 8개. 그리고 상대방의 에러는 벌써 3개였다.

그런데 6회까지 점수는 단 1점도 내지 못하고 있었다.

"이 새끼들아! 전광판이 안 보여? 안타는 8개나 쳐 놓고 점수는 1점도 못 내놓는 놈들이 어디에 있냐!"

이렇게 고함을 지르고 싶은 마음이 굴뚝같았다.

그래도 지금 참는 건 이상진의 투구 수가 90개를 넘겼기 때문이었다.

'제발 7회에도 등판해라. 어디 좀 털어 보자.'

인천 드래곤즈의 최자석이 시원하게 홈런을 날렸던 것도 이쯤이었다.

이상진의 스태미너가 바닥을 드러내기 시작하는 순간.

패스트볼의 구속이 130킬로미터 중반대로 내려가는 순간.

그때가 올해 투수 지표의 상위권을 홀로 독주하고 있는 이상진을 끌어내릴 순간이었다.

"스트라이크!"

전광판에 찍힌 구속은 고작 108킬로미터였다.

그리고 구종은 누가 보더라도 알 수 있는 커브였다.

그런데 그 공을 치지 못하고 배트는 허공을 갈랐다.

"저걸 왜 못 치냐고!"

안상면 감독은 자신도 모르게 고함을 지르고 말았다.

씩씩거리는 그의 안색을 살피는 선수들도 얼굴이 살짝 굳어졌다.

구속도, 구위도, 전부 눈에 띄게 떨어졌다.

그런데 그런 공을 치지 못하고 있었다.

'그리즐리의 유의환이 던지는 공도 아니고!'

그렇게 생각한 순간 안상면은 소스라치게 놀라며 마운드 위를 올려다봤다.

그리고 옆을 돌아보며 물었다.

"조금 전부터 이상진이 던지는 공은 대부분 어디로 가고 있지?"

"네?"

"공이 주로 어디로 향하냔 말이야. 우타, 좌타 가릴 것 없이. 몸 쪽인지, 바깥쪽인지 말해."

"바, 바깥쪽입니다. 공 10개 던지면 8개 정도는 바깥쪽으로 던지고 있습니다."

그 말을 듣고 다시 마운드를 바라본 안상면 감독의 얼굴이 살짝 일그러졌다.

지금 무슨 짓을 하고 있는지 알아챈 것이었다.

특히 요새는 영상 미디어가 발달하고 정보의 홍수라고 할 수 있는 시대였다.

데이터 야구를 하지 않고 올드한 방식의 야구를 한다고 해도 이상진의 의도를 알아채지 못할 정도의 데이터도 없는 건 아니었다.

"지금 장난하나!"

* * *

물론 장난일 리는 없었다.

이건 이상진이 나름대로 돌파구를 찾은 것이었다.

'처음에는 올라간 구속과 묵직해진 구위로 짓누를 수 있다.'

하지만 스태미너가 떨어지는 경기 후반은 그렇지 않았다.

후반으로 가면 갈수록 상진은 힘으로 찍어 누를 수 없었다.

[경고: 투구 수가 80을 돌파하여 체력이 10 하락합니다.]

아직 체력을 최대치까지 찍지 못한 상진이 택할 수 있는 해결책은 바로 제구력이었다.

'체력이 떨어지면 구속과 구위도 떨어지지만 단 하나, 제구력만큼은 남아 있다.'

그래서 상진은 80구를 넘겨 구속과 구위가 떨어지자마자 바로 전략을 바꾸었다.

지금까지는 스트라이크존 안을 적극적으로 공략하며 볼넷을 주지 않는, 아주 적극적이고 공격적인 투구 방식이었다.

하지만 지금은 달랐다.

볼넷을 주더라도 스트라이크존의 경계를 집요하게 공략하고 있었다.

"스, 스트라이크!"

순간 판정을 내리던 심판도 흠칫 놀라면서 스트라이크 콜을 외쳤다.

그리고 부산 타이탄즈의 선수 하나는 미심쩍은 눈으로 포수 미트와 심판을 번갈아 바라봤다.

"이거 들어온 거 맞습니까?"

"그래. 드, 들어왔지."

"바깥으로 좀 빠진 기분인데요."

"들어왔어!"

심판도 애매하다고 생각될 정도로 아슬아슬한 코스였다.

그래도 스트라이크로 선언하는 이유는 여태까지 이상진의 투구 때문이었다.

6회까지 던진 공을 보면 확실하게 존 안으로 파고들었으며 존의 구석구석을 절묘하게 찔러 들어왔다.

심판들도 한눈에 보기 편한 상진의 공에 편한 마음으로 스트라이크 콜을 외쳤다.

"저게 들어왔다는 겁니까?"

타자가 버럭 하고 대드는 식으로 말하자 심판의 얼굴도 일그러졌다.

분명히 애매한 코스로 들어오는 공이었다.

그래서 확신을 가지지 못하는 것도 맞았다.

걸치기는 했어도 경계 안으로 확실하게 들어오던 공이 왠지 아까부터는 아슬아슬하게 들어오는 기분이었다.

"들어왔다. 인정 못 하겠냐? 어?"

재환은 자신의 뒤에 서 있는 구심의 언성이 높아지는 걸 깨닫고 피식 웃었다.

포수인 자신도 확실하게 알고 있었다.

방금 전 공은 스트라이크와 볼의 사이에 걸쳐 있었기에 사실 정확한 판정을 내리기 어려웠다.

"인정 못 합니다! 저건 볼이었다고요! 저런 공을 어떻게 치라는 겁니까!"

"들어왔다니까! 아웃됐으면 얌전히 들어가!"

"못 들어갑니다! 대체 공을 어떻게 보길래……!"

서로의 감정이 격해지는 순간이 찾아왔다.

그건 다른 말로 바꾸자면 '자멸'이라고도 한다.

야구 심판은 자신의 권한에 대해 상당히 민감하게 반응할 때가 있다.

그것이 스트라이크와 볼을 구분하는 판정일 때는 더욱.

"퇴장!"

"야!"

"들어가! 퇴장이야!"

"이익!"

결국 퇴장 판정까지 나오자 타자는 분을 못 참고 심판에게 대들기 시작했다.

더그아웃에서 뛰어나온 다른 선수들과 코치들이 말려봤지만, 이미 일은 끝난 뒤였다.

퇴장 선언은 번복되지 않았다.

"하여튼 심술궂다니까."

상진은 마운드에서 이 모든 상황을 지켜보면서 검지와 새끼손가락만을 들어 보였다.

재환은 상진을 보면서 피식 웃고는 어처구니없다는 표정을 짓고 말았다.

"투아웃."

지금의 상진만큼 야구에 집중하는 선수는 그라운드 위에 아무도 없었다.

구속과 구위가 떨어졌어도 상진은 데굴데굴 굴러가는 공으로 고개를 돌렸다.

그리고 2루수 정은일의 송구를 끝으로 7회가 마무리됐다.

한현덕 감독은 마지막 아웃 카운트를 잡아내고 더그아웃으로 돌아온 상진의 어깨를 두드려 주었다.

그리고 망설이지 않았다.

"교체다."

"예, 알겠습니다."

"잘했다."

그 말은 조금 시간이 지난 뒤에 마음속으로 파고들어 왔다.

여태까지 패전 처리조에 방어율이 7점을 넘지만 않으면 다행으로 여겨졌었다.

부상을 당한 이후로 감독이나 코치로부터 수고했다는 이야기는 들었지만, 잘했다는 이야기를 들은 건 정말 오랜만이었다.

그리고 오늘은 피안타가 10개나 됐어도 무실점이었다.

그것만으로도 목표한 바는 이룬 거나 다름없었다.

오늘 경기는 자신의 위기 관리 능력을 보여 주기 위한 일종의 퍼포먼스였다.

덤으로 아까 실책을 범한 오선준에게 타구가 많이 가게 만든 건 약간의 심술이었다.

"후우우."

긴장을 풀자 기분 좋은 노곤함이 온몸을 덮쳐 왔다.

눈앞에서 번쩍거리는 경고 문구를 치워 버리면서 상진은 더그아웃에 드러눕고 싶은 충동을 느꼈다.

"선배님, 이거라도 드세요."

"응? 아아, 고마워."

팀 내의 어린 후배들도 투구를 마치고 들어온 상진에게 이것저것 챙겨 주며 먼저 다가왔다.

그걸 보면서 상진은 피식 웃으면서 음료수를 받아 입에 머금었다.

자신은 본래부터 어려운 선배가 아니었다.

그래도 상진에게 다가오는 후배들은 계산적인 성격인 경우가 많았다.

자신이 가지고 있는 방대한 데이터의 도움을 종종 받기 때문에 그걸 필요로 하는 후배들이 주로 접근했었다.

'이러니까 선수는 실력으로 말한다고 그러지.'

후배들이 무슨 생각을 하는지는 알고 있었다.

데이터는 도움이 된다. 하지만 실력 면에서는 큰 도움이 되지 않는 선배다.

그 정도가 자신에 대한 평가였다.

그런데 그 평가가 역전됐다.

"다음에 올라오는 게 포수죠? 어떻게 상대해야 할까요?"

"저 녀석한테 안타를 맞으면 그냥 은퇴 생각하는 게 빠르지 않을까?"

부산 타이탄즈는 국대급 포수 하나가 다른 팀으로 이적한 이후로 계속 포수난에 시달리고 있었다.

아직 어린 선수들로 구성되어 운용되는 포수진을 보면 상진이 다 안쓰러울 지경이었다.

게다가 지금 타이탄즈의 포수 나정석은 도루 저지를 빼면 최악이라는 말을 들어도 과언이 아닐 정도였다.

"그럼 그다음 선수들은 어떻게 하는 게 좋을까요?"

다음 이닝에 올라가기로 정해진 박상일이 불펜에 내려가기 전에 공략법을 하나하나 물어 왔다.

예전에는 대충 데이터와 의견만 듣고 물러났다면, 지금은 태도가 전혀 달랐다.

말 한마디 한마디에 존경심이 묻어나오고 있었다.

"이윤석도 나정석과 마찬가지로 타율이 별로야. 타율이 좋지 않은 선수들의 대표적인 공통점은 변화구 대처 능력이 별로라는 거지."

상진은 하나하나 설명을 해 주었다.

다음 이닝에 등판할 박상일은 그 조언을 확실하게 기억을 해두었다.

옆에서도 귀를 쫑긋거리며 듣고 있는 투수조의 후배들을 보며 상진은 입가에 미소를 머금었다.

"네가 실투를 던지지만 않으면 8회는 잘 막을 수 있을 거다."

"상일이 안 내려가냐! 가서 불펜 투구 안 해?"

"예! 바로 내려가겠습니다!"

그리고 다음 이닝에 상진의 말은 확실하게 증명됐다.

상일이 바깥쪽으로 빠지는 공을 던지자 타자의 배트가 시원스럽게 허공을 갈랐다.

자신의 조언대로 던지는 모습을 보며 상진은 히죽 웃었다.

4구 만에 좌익수 플라이 아웃을 잡은 상일은 더그아웃을 향해 씩 웃어 보였다.

“짜슥. 아주 여유가 철철 넘치네.”

8회를 박상일이 틀어막자, 9회에는 마무리 정우한이 등판했다.

투수진의 적절한 투입과 더불어 승리라는 과실을 따오는 작업은 이제 막바지였다.

야구는 혼자 하는 게임이 아니다.

나중에 상진이 최고의 투수가 되어 10이닝 20이닝 동안 무실점을 이끌어낼 수 있어도 타선이 점수를 내지 못한다면 무승부밖에 거둘 수 없었다.

그것과 마찬가지로 자신의 뒤에 이어서 등판해 주는 불펜 투수들이 잘 막아 내지 못한다면 상진의 승리도 없어진다.

선수단 전원이 톱니바퀴처럼 철저하게 맞아떨어져야 가능해진다.

우승이라는 목표가.

[승리 투수가 되었습니다.]

[보너스 포인트가 100 지급되었습니다.]

*　　　*　　　*

「이상진, 7이닝 10피안타 무실점, 위기 관리의 진수를 보여 주다」

「무사 만루를 무실점으로 막아 낸 절정의 능력, 이상진의 결점은 무엇인가」

「아직 완투를 한 적이 없는 이상진의 약점은 체력?」

「투구 수가 80개를 넘어가면 급속하게 줄어드는 구속과 구위, 그 원인은?」

무시무시한 수준의 위기 관리 능력을 보여 줬음에도 상진은 여전히 불만스러웠다.

집에 돌아와서도 한참이나 자신의 투구 영상과 시스템에 표시되는 스테이터스를 번갈아 바라봤다.

그것이 못내 짜증스러웠던 영호는 퉁명스럽게 쏘아붙였다.

"대체 뭐가 그렇게 불만이냐?"

"불만이 많으니까 불만이죠. 전부 마음에 안 들어요."

[사용자: 이상진]

—체력: 81 / 100

—제구력: 89/ 100

—최고 구속: 시속 152킬로미터

—평균 회전수: 2,338RPM

—보유 구종: 포심 패스트볼(A), 커브(A), 슬라이더(A), 체인지업(B), 투심 패스트볼(B)

—보유 스킬: 먹어서 남 주냐, 먹을 때는 개도 안 건드린다, 일찍 일어나는 새가 먹이도 많이 잡는다

—남은 코인: 30

자신의 스테이터스를 뚫어져라 바라보던 상진은 고개를 돌려서 영호를 바라봤다.

갑자기 활활 타오르는 상진의 눈빛을 마주한 영호는 깜짝 놀랐다.

"왜? 왜 그런 눈으로 보냐?"

"저승에 이미 죽어 버린 야구 선수들도 있겠죠?"

"있기야 있는데 대부분이 환생했지. 아니면 극락으로 떠났든가. 가만히 저승에서 죽치고 있는 영혼은 없어. 지옥에 떨어져 고통을 받든가, 아니면 새롭게 태어나서 새로운 삶을 살아가지."

"그래요? 그거 좀 아깝네요."

약간 아쉬웠다.

혹시 저승에 남아 있는 전설적인 야구 선수들이 있다면 한 번쯤 만나 볼 수 있지 않을까, 하는 기대감을 품었었다.

그런데 환생이라는 게 진짜 있었을 줄이야.

"그런데 그런 건 왜 물어봐? 저승에라도 오려고? 적극 환영해 줄게. 덤으로 네 배를 째고 황금 돼지도 꺼내 가야겠다."

"내가 수명이 다 되기 전에 끌려가나 어디 두고 봅시다. 그런데 난 몇 살까지 삽니까?"

"그걸 알아도 말 못 해. 어디서 은근슬쩍 수명을 알아내려고 수를 써?"

상진은 다시 투덜거리면서 영상을 훑어보기 시작했다.

영호는 그런 모습이 왠지 신기하기도 하고 이상하기도 했다.

선발이 됐고 6이닝과 7이닝을 막아 냈다.

같은 팀 선수들에게 존경을 받았으며 감독과 코치들의 신뢰를 얻었다.

그런데도 어째서 저리도 불만스러운 게 한가득인지 궁금했다.

"그런데 진짜 뭐가 불만이라 그렇게 툴툴대는 거냐? 이유라도 좀 들어 보자."

"압도하지 못했으니까요."

그제야 영호는 지난번에 상진이 했던 이야기를 기억해 냈다.

분명히 그때 세계적인 선수로, 그리고 세계적인 전설로 남고 싶다고 했다.

"꼭 압도해야 하는 거냐?"

"당연하잖아요?"

뛰어넘기 위해서는 모두를 압도해야 했다.

지금 상진은 모든 구단의 투수와 타자들을 뛰어넘고 짓밟고 사냥해야 할 존재로 보고 있었다.

한국 프로 야구를 정복하지 못한다면, 압도하지 못한다면 메이저리그에서 눈길 한 번 줄까.

전혀 그렇지 않다.

여태까지 한국 야구에서 오퍼를 받았던 선수들은 전부 최상위권의 성적을 내고 메이저리그로 넘어갔다.

그렇게 메이저리그에 진출했음에도 결국 성공한 사람은 손에 꼽을 정도다.

최고의 컨디션과 최고의 성적과 최고의 실력을.

상진이 목표로 하는 건 최고를 지향하지 않으면 얻을 수 없었다.

"어떤 분야에 입지적인 발자국을 남긴 사람들은 전부 압도적인 성과를 내놨어요. 그런데 저는 아직 리그에서 상위권에 머무르고 있을 뿐이에요."

"인마, 너무 성급한 거 아니냐?"

턱을 괴고 들고 있던 치즈스틱 하나를 상진의 입에 콱 처박았다.

일단 입에 들어온 치즈스틱을 우물거리며 말을 멈추자 영호는 다시 한번 핀잔을 주었다.

"작년 말의 너를 떠올려 보고, 지금의 너를 떠올려 봐라. 사람들이 뭐라고 하냐?"

"사람이 바뀌었다고 하죠."

"그래. 사람이 어디 소설이나 영화에 나오듯이 한번에 확 각성할 수도 있겠지. 그래도 성장하는 속도라는 게 있는 법이다. 그런데 너는 단숨에 그걸 전부 뛰어넘으려고 하고 있어. 그게 가당키나 하겠냐?"

상진은 입에 들어왔던 치즈스틱을 씹어 삼키고는 피식 웃었다.

생각해 보면 자신의 성장은 과한 측면이 있었다.

사람이 바뀌었다는 말을 넘어서서 혹시 약물을 쓴 게 아니냐는 소리까지 들을 정도였다.

"하기사 좀 욕심이긴 하단 생각은 가끔 해요."

"급하게 먹는 밥이 체한다고 했다. 지금 성장하는 속도도 네가 견딜 수 있는 최고의 성장 속도라고 생각해 둬."

너무 성급하면 오히려 일이 어그러질 수도 있다.

그 말에 상진은 멍한 얼굴로 두 눈을 깜박이더니 이내 미소를 지었다.

살다살다 오늘 영호가 이런 모습을 보여 주는 건 처음이었다.

상진이 이상한 표정을 지으며 빤히 바라보자 영호는 얼굴을 팍 찡그렸다.

"왜 그런 얼굴이냐? 밥맛 떨어지게시리."

"그거 알아요?"

"뭐?"

"오늘 처음으로 저승사자다운 말을 했다는 거요."

"…그동안은 어땠는데?"

"신입인 데다가 실수투성이에 징징거리기만 하는 불량 저승사자였죠."

그리고 상진은 분노를 토해 내려는 영호의 입에 재빨리 치즈스틱을 하나 집어 던져 넣었다.

* * *

이상진의 호투에 열광하는 건 비단 구단이나 팬들만은 아니었다.

타자들의 타격 기술은 나날이 발전하는데 투수들의 발전이 더뎠던 게 바로 한국 프로 야구였다.

그런데 39이닝이나 던지면서 1실점밖에 하지 않는 투수가 나오자 프로야구를 보는 사람들 모두 환호하고 있었다.

—이상진! 네가 한국 야구의 희망이다!

ㄴ설레발 ㄴㄴ. 부정 탈라

ㄴ쥐구멍에도 볕 들 날이 있다더니. 살다살다 이상진이 벌써 3승이냐.

ㄴ저거 다 시즌 초에 운발이라 그렇다. 타자들 컨디션 올라오면 이상진 금방 4점대 찍는다.

인터넷의 누리꾼들은 서로 의견을 개진하며 갑론을박을 벌였다.

그들의 주제는 이상진의 투구였고, 언제나 스포트라이트는 이상진이 받았다.

부상 이후부터 작년까지의 동영상을 들고 오는 사람들은 올해의 영상과 비교하며 놀라운 변화에 경악했다.

그리고 그런 가운데 충청 호크스의 단장 박종현은 갑작스러운 사장단의 부름을 받고 당황스러웠다.

함께 호출받은 한현덕 감독도 마찬가지였다.

“뭐 때문에 우리를 부르는 걸까요?”

“그러게 말입니다.”

단장과 감독을 함께 호출하는 경우는 많지 않았다.

그리고 짐작 가는 바도 없었다.

둘은 고개를 갸웃거리며 사장실로 들어갔다.

“오랜만에 뵙습니다, 사장님.”

“그래요. 나도 오랜만입니다, 박 단장 그리고 한 감독.”

충청 호크스의 사장 박정국은 온화한 미소를 지으며 둘을 맞이했다.

약간 늘어뜨린 눈썹과 늘 웃고 있는 얼굴은 언뜻 보기에는 편해 보였다.

하지만 그는 실제로 충청 호크스의 사장 자리까지 올라올 정도의 실력을 갖추고 있었다.

“시즌 초에 부상이 많았다고 들었습니다.”

“그래도 예비 전력이 약간이나마 도움이 되고 있습니다.”

우선은 서로 근황을 이야기하고 덕담을 나누며 탐색전을 벌였다.

둘은 사장이 무슨 일로 불렀는지 궁금해하며 적당히 그의 이야기에 맞장구를 쳤다.

이윽고 그의 입에서 본론이 흘러나왔다.

“조금 이르기는 해도 먼저 이야기부터 꺼내도록 하죠.”

그리고 박정국 사장의 입을 통해 들은 이야기는 황당했다.

너무 황당한 나머지 뇌가 정지될 정도였다.

옆에 있던 한현덕 감독은 두 눈을 크게 뜨며 바로 뭐라 반발할 뻔했다.

그전에 박종현 단장이 먼저 입을 열었다.

"사장님, 그건 좀 힘들 것 같습니다."

성적이 좋아진 건 환영받을 일이었다.

솔직히 구단의 이런저런 일들을 책임지는 단장의 입장으로서는 이상진의 부활이 여간 반가운 일이 아니었다.

가뜩이나 올해는 크고 작은 부상이 많이 생겨서 선수단의 구성과 운영에 어려움이 있었다.

그런 상황에서 숨통을 트이게 해 준 게 바로 이상진이었다.

"트레이드라니. 어불성설입니다. 지금 우리 팀에 이상진만 한 선수도 없지 않습니까?"

박정국 사장의 입이 꾹 다물어졌다.

확실히 이상진의 올해 성적은 독보적이었다.

하지만 불안 요소가 여간 많은 게 아니었다.

"과연 데리고 있을 만한 가치가 있는지 살펴봤습니다. 올해 처음으로 부임한 내가 알 수 있었던 건 불안 요소가 많은 선수란 점이더군요."

플루크 시즌이라고 불러도 이상하지 않은 성적을 내고 있었다.

여기에 사장단이 내놓은 이야기는 바로 부상 경력이었다.

"이런 페이스를 유지한다면 한국 야구사에 전설로 남을 수도 있겠죠. 하지만 올해 반짝하고 사라질지도 모르지 않습니까?"

그 말에 굳이 반박할 수는 없었다.

반박하기에는 여태까지 그런 선수의 예가 그렇지 않은 경우보다 훨씬 많았다.

“이번에 몇몇 구단에서 온 트레이드 제안입니다. 한번 보시겠습니까?”

감독과 단장은 사양하지 않고 받아 들었다.

사실 박종현 단장의 라인을 통해 들어온 트레이드 제안이 몇 건 있긴 했다.

다른 선수였다면 긍정적으로 검토해 볼 수는 있었다.

하지만 이상진을 대상으로 한다면 현실성이 없다고 판단해서 거절했다.

그런데 박정국 사장을 통해 직접 들어온 제안들은 충격적이었다.

“1 대 4 트레이드라니.”

“그것도 현재 1군에서 뛰고 있는 투수와 야수를 하나씩 넣어 놨고, 다른 둘도 1라운드에서 픽업된 유망주입니다.”

현재 1군에서 뛰고 있는 즉시 전력급의 선수를 둘이나 주겠다는 제안은 놀라웠다.

게다가 다른 팀에서는 선발 하나와 불펜 하나를 포함 3 대 1로 트레이드하자는 제안도 있었다.

그 외에도 작년과 재작년에 픽업했거나, 혹은 군대부터 해결한 유망주를 넘겨주겠다는 제안도 있었다.

심지어 자신의 라인에서 거절한 트레이드안이 업그레이드되어 있기도 했다.

"구단의 운영에 대해서 단장님에게 전부 일임한 만큼 저에게 직접 들어오는 트레이드 제안은 불쾌했습니다. 하지만 구단의 전력을 고려한다면 S급 선수 한 명을 보유하는 것보다, A급 선수 둘셋을 보유하는 편이 더 낫지 않겠습니까?"

이 말도 딱히 틀리진 않았다.

가뜩이나 주전급과 2군의 실력 차가 심한 충청 호크스는 즉시 전력급 선수가 한 명이라도 더 필요했다.

그래도 박종현 단장은 고개를 가로저었다.

"즉시 전력급 선수가 필요하다는 점은 저도 사장님의 말씀에 동의합니다. 하지만 이상진 선수는 그럴 수 없습니다."

"리스크가 크다는 걸 알면서도 말입니까?"

"일반적이라면 이상진의 실력이 떨어질 수도 있고, 부상이 재발할 수도 있습니다. 하지만 이상진은 다릅니다."

"이유가 무엇입니까?"

머릿속으로 빠르게 생각을 정리했다.

여기에서 바로 사장을 설득하려면 타당한 이유가 필요했다.

구단의 입장에서 생각해야 했다.

"먼저 계산이 서는 선수이기 때문입니다. 확실한 1승을 챙길 수 있는 카드는 1승을 챙길지도 모르는 카드 두 장과는 다릅니다."

"으음."

올해 패넌트레이스에서 보여 준 이상진의 활약은 어마어마

했다.

여태껏 등판한 경기에서 단 한 번의 패배도 허용치 않았다.

심지어 역전승을 거둔 적도 있으며, 작년 우승 팀인 인천 드래곤즈를 꽁꽁 묶어 무승부를 챙기기도 했다.

"다음으로는 팬들의 반응입니다. 우선 이상진은 프랜차이즈입니다. 데뷔 때부터 FA 계약을 하며 10년 가까이 팀의 주전으로 뛰어왔습니다."

데뷔 때부터 2019년인 지금까지 오로지 한 팀에서 뛰었다.

좋은 성적은 아니더라도 팬들에게 사랑받을 정도의 모습은 보여 왔다.

무엇보다 혹사의 여파로 9개월가량 재활을 거쳤던, 충청 호크스의 아픈 손가락이기도 했다.

"게다가 압도적인 성적을 거두며 팬들에게서 에이스로 취급받는데, 트레이드로 넘긴다면 팬들의 반발이 엄청날 겁니다. 그리고 구단이나 그룹의 이미지도 타격을 입습니다. 무엇보다 그룹의 슬로건이 무엇인지 잘 아시지 않습니까."

의리를 강조하는 그룹의 슬로건에 반하는 이야기이기도 했다.

게다가 팬들의 반발이라는 말에 박정국 사장의 표정도 흐려졌다.

구단의 이미지는 언제나 중요했다.

그걸 무시한다면 그룹의 이미지에도 타격이 간다.

만약 그런 일이 발생한다면 그 뒷감당은 그가 해야 한다.

"마지막으로 선수들의 사기입니다. 성적이 좋은데도 보호해 주지 못할망정, 오히려 트레이드로 넘겨 버린다면 다른 선수들도 꺼림칙하게 여길 겁니다."

그 말도 일리가 있었다.

성적이 좋아졌는데 다른 구단에 팔려 간다면 누가 팀을 믿고 뛸까.

"그래도 좋은 기회를 놓치는 걸지도 모릅니다."

"그렇다면 제가 책임을 지겠습니다."

"한현덕 감독?"

이번에는 한현덕이 앞으로 나왔다.

조금 전까지야 박종현 단장에게 맡겨 두고 있었지만, 일이 이렇게 된다면 가만히 있을 수 없었다.

"성적이 떨어지거나 하면 오히려 더 안 좋을 수도 있는데도 말입니까?"

"이상진의 성적은 떨어지지 않을 겁니다. 제가 데뷔하고 선수로 뛰며 은퇴하면서, 그리고 여태까지 코치와 감독 생활을 거치면서 봐 왔던 선수 중에 저만한 재능을 가지고 있는 선수는 몇 없었습니다. 만약 이상진이 망가지거나 성적이 나빠진다면 제가 책임지겠습니다."

감독직을 걸고서라도 팀에 눌러앉혀야 했다.

이상진은 부상이력으로 허덕이던 때도 더그아웃에서 해 주는 역할만으로 충분히 1군감이었다.

그런 분위기 메이커인 데다가 이상진 개인이 가진 분석력이 팀 내적으로 도움이 되기도 했다.

말하자면 주장인 이정열이 선수단을 휘어잡는다면, 이상진은 존재만으로도 충분히 기대고 위안을 받는 정신적 지주였다.

"성적을 내고 있는데 트레이드를 한다는 것도 다른 구단들 역시 상식적으로 납득을 하지 못할 겁니다. 뭔가 뒤가 구리다고 여기고 조건을 낮추거나 발을 빼려고 하겠죠."

요새 팀의 성적은 썩 좋지 않았다.

신인들은 성장하지 못하고 있고 베테랑들은 급격하게 기량이 떨어지고 있다.

지금도 어떻게 어떻게 반타작을 해 나가면서 힘겹게 5할 승률을 유지하고 있었다.

그런데 이상진이 트레이드로 다른 팀에 이적한다면?

생각만 해도 끔찍했다.

"좋습니다. 이상진 선수의 건에 대해서는 넘어가도록 하죠."

"감사합니다."

"그러면 올해 예상 성적 때문입니다만."

박종현은 입술을 깨물었다.

사실 이게 가장 중요한 이야기였다.

예전에 유형진이 있던 시절에는 그가 등판하는 날 외에 다른 경기는 패배를 각오해야 했었다.

지금 이상진의 경우도 매우 흡사했다.

"얼마 전에 신예 투수를 등판시켰다가 대패를 했었습니다."

"예. 4 대 16으로 패했습니다."

"아직 팀이 어수선하고 완성되지 않았다고 하나, 슬슬 정리가 되어야 하지 않습니까?"

이상진이 등판할 때를 제외하고 성적은 처참했다.

외국인 선수들이 초반에 부진하면서 덩달아 국내 선수들도 부진했다.

그나마 자리를 잡은 게 장인재였다.

하지만 그 역시 오랜 기간 선발로 뛰지 않았기에 아직 물음표가 붙어 있었다.

"작년에 아슬아슬하게 가을 야구를 실패했었습니다. 그래서 올해는 가을 야구가 목표라고 했는데, 아직도 반대하십니까?"

"예. 나이가 있는 고참급들은 기량이 떨어지고 있고 신인급들은 아직 성장하지 못했습니다. 올해는 성적이 제대로 안 나올 가능성이 크다고 봅니다."

"나오지 않는다면 어떻게든 내야 하는 게 현장의 업무 아닙니까?"

이번에는 화살이 한현덕 감독에게로 향했다.

"현장에서는 늘 최선을 다합니다. 선수들도 더 잘해 보려고 노력하고 있습니다."

"그런데 지금 성적이 이렇습니까? 아까 박 단장이 이상진을 트레이드하기 어렵다는 식으로 말했었죠? 그건 인정합니다. 이상진이 거둔 승리나 막아 낸 경기를 빼면 거진 4~5승이 빠지더군요."

이제 막 41경기를 치른 상황이었다.

현재 성적은 20승 21패.

5할에 조금 못 미치는 성적으로 아슬아슬한 6위를 유지하고 있었다.

여기에서 이상진이 거둔 승수를 뺀다면 6위는커녕, 하위권으로 추락한다.

"후우, 윗선에서는 작년 이상의 성적을 내길 원합니다."

"노력해 보겠습니다."

"그럼 노력하십시오."

사장의 목소리는 한없이 무겁게 둘의 어깨를 짓눌렀다.

"올 시즌에는 꼭 가을 야구를 할 수 있도록 하십시오."

* * *

선발로 자리가 고정된 상진은 매일같이 똑같은 루틴에 따라 훈련을 반복했다.

과도할 정도로 먹어 대는 음식으로 인해 살이 찌지 않도록 운동을 겸하고 식단을 관리했다.

아침에도 뛰고 점심에도 뛰었으며 저녁에도 뛰었다.

그러면서도 이렇게 시간이 나면 검진도 받았다.

"이상진 씨, 들어오세요."

안내를 받아서 안으로 들어가자 딱딱한 얼굴을 하고 있는 주치의가 기다리고 있었다.

쭈뼛거리면서 앞에 앉은 상진은 자신의 뼈와 몸속 여기저기를 촬영한 사진을 보며 얼굴을 찌푸렸다.

예전에 수술했던 부위에는 철심을 박았던 흔적이 남아 있었다.

"어서 오세요. 세 달 만이던가요?"

"네 달입니다. 일본에 가기 전에 검사했었으니까요."

벌써 5월이 됐다.

일본으로 스프링캠프를 떠나기 전에 검사를 받고, 지금 또다시 검사를 받는 이유는 과거에 당했던 부상 때문이었다.

고관절과 어깨는 야구 선수로서의 생명에 연관이 있을 정도로 심각한 부위였다.

"결과는 어떻게 나왔나요?"

시스템을 얻은 이후로 몸 상태는 매우 좋아졌다.

그래도 경계를 게을리 하지 않았다.

몸 안에 이상이 생길지도 모른다는 불안감은 언제나 자신을 괴롭혔다.

가끔 공을 던지고 나서 노곤해지는 건 피로 때문이니 상관하지 않았다.

하지만 언제 어떤 부상이 찾아올지 모르기에 이렇게 꾸준하게 검진을 받아 왔다.

"음, 본론부터 말씀드리자면, 대체 몸 관리를 어떻게 하신 겁니까?"

"그 정도로 안 좋습니까?"

"아뇨. 너무 좋아서 탈입니다."

"너무 좋다고요?"

X-레이 사진이나 CT 촬영 사진을 짚으면서 의사가 설명을 시작했다.

"작년에는 경기를 뛰고 나면 부상당했던 부위가 아픈 적이 많다고 하셨죠? 그런데 이제 아프지 않은 건 별다른 이유가 아니라 환부에서 통증이 느껴지지 않을 만큼 회복이 돼서 그렇습니다."

"회복이 됐다고요?"

예전에 철심까지 박았다가 빼냈던 부위였다.

그런데 그게 감쪽같이 치유가 됐다는 이야기는 도저히 믿을 수가 없었다.

"부상 부위가 요새 아프거나 쑤신 적이 있으십니까?"

"없습니다."

"사실 수술을 하고나서도 치유가 완벽하게 되려면 2~3년 정도는 걸려야 합니다. 그래도 부족한 게 사람의 몸이죠. 살을 찢고 근육을 찢고 뼈를 긁어 내는데, 그게 손쉽게 낫는다면 고생할 이유는 없으니까요."

수술을 두 번이나 하고 오랜 재활 기간을 거쳤다.

지금 사진으로 볼 수 있듯이 부상을 당했다는 사실만큼은 몸에 새겨져 있었다.

"그런데 이걸 보시면 미세하게 남아 있던 수술의 흔적들이 전부 사라졌어요."

"사라지다뇨? 이렇게 남아 있는데요?"

"이건 예전 사진입니다. 이게 지금의 사진입니다."

딸깍 하는 소리와 함께 옛날에 찍은 X—레이 사진 옆으로 새로운 자료가 떠올랐다.

몸에 새겨져서 평생 지워지지 않을 상처로 남은 수술의 흔적들이 대부분 사라지고 보이지 않았다.

"말도 안 돼."

"저도 사실 20년 가까이 의사 생활 하면서 이런 경우는 처음 보는 거긴 합니다. 하지만 말이 안 돼도 믿으셔야 합니다. 실제로 벌어진 일이니까요."

CT 촬영 사진을 잘 모르는 상진이 봐도 확실하게 달라져 있었다.

철심이 박혀서 하얀 자국이 남아 있던 자리는 그 흔적이 완전히 없어져 있었다.

"그러면 어떻게 된 겁니까?"

"말하자면 부상당하기 이전의 몸 상태와 매우 흡사해졌다는 뜻입니다. 그리고 여러 가지 수치들도 전부 정상으로 나오더군요. 완벽에 가깝다고 해도 과언이 아닐 정도네요. 근육량이 약간 과한 게 문제긴 하지만, 운동선수시니 허용되는 선이라고 생각할 수 있겠죠."

그 말에 상진은 안도의 한숨을 내쉬었다.

혹시라도 갑자기 몸 상태가 좋아져서 빠르고 묵직한 공을 던질 수 있게 된 것이 마지막 불꽃을 태우는 게 아닌가 싶었다.

그래도 몸 상태가 정상적이라는 말이 너무 뜻밖이었다.

"그런데 이런 일도 있을 수 있는 겁니까?"

"드물지만 의학적으로 불가능한 일은 아닙니다. 수술을 한 후에 몸이 오히려 이전보다 좋아지는 경우는 종종 있는 편이죠."

"그런가요."

"다만 이상진 선수처럼 몇 년이나 지난 다음에 갑자기 회복세에 들어서는 건 정말 드문 케이스입니다."

그다음에 의사로부터 이런저런 설명을 듣긴 했어도 반 이상 이해하지 못했다.

하지만 그 모든 설명이 가리키는 건 단 하나.

상진의 몸 상태가 부상당하기 전과 비슷할 정도로 회복됐다는 사실이었다.

몸이 회복됐다고 해도 상진의 일상에 큰 변화는 없었다.

원정 경기로 인해 이동하는 날을 제외한 다른 날에는 아침부터 늦은 시간까지 트레이닝을 계속했다.

그리고 식단 역시 육류 등을 주로 먹으며, 저탄수화물 고단백질 위주의 식사를 계속했다.

근육량을 늘리며 동시에 쓸데없는 군살이 늘어나지 않게 하기 위해서였다.

'많이 먹을 수 있는 것도 문제란 말이지.'

상진에게 가장 고민인 건 포인트를 쌓아서 코인을 얻는 것도, 불쑥불쑥 찾아오는 저승사자도 아니었다.

같은 음식을 반복해서 먹는 게 아니라면 먹어도, 먹어도 포만감을 느낄 수 없기에 무제한으로 먹을 수 있는 축복.

그 반동으로 자신이 얼마나 먹고 얼마나 칼로리를 섭취하는지 알 수 없었다.

그건 필연적으로 몸무게가 늘어나는 걸 막을 수 없다는 저주가 따라왔다.

하지만 그것도 충분한 관리가 뒷받침이 된다면 제어할 수 있는 영역이었다.

"오늘도 운동하냐?"

"그냥 좀 뛰려고 온 거예요."

구단 훈련장에 들어오던 인재는 아침부터 와서 트레드밀에서 뛰고 있는 상진을 발견하고 질린다는 표정을 지었다.

충청 호크스에서 가장 많은 연습을 하는 사람이 누구냐고 묻는다면 열이면 열, 전부 이상진을 지목할 것이다.

"적당히 해라. 여름 되면 퍼진다."

"그때는 또 알아서 조절해야죠. 그리고 제가 여름에 퍼지는 걸 한 번이라도 봤어요?"

"늘 처맞아서 문제였지."

"쓰읍! 요새는 아니거든요?"

그렇게 얘기하면서 상진은 트레드밀의 속도를 더 올렸다.

인재는 기가 찬다는 듯 웃으면서 옆에 있는 트레드밀에 올라갔다.

"트레이너분들이 기절하시겠다. 그나저나 유연성 운동은 하냐?"

“매일매일 스트레칭하면서 늘리고 있죠. 근육만 만들다 보면 찢어질지도 모르니까 그건 당연하잖아요.”

매일 운동만 하기에 상진이 근육을 만드는 것만 신경을 쓴다고 생각하기 쉬웠다.

하지만 상진은 그 외에도 근육을 유연하게 만든다든가, 혹은 투구 폼을 가다듬고 조금 더 효율적으로 바꾸는 것도 게을리하지 않았다.

모든 것은 노력이다.

그리고 땀과 노력의 성과물은 개인마다 차이가 있을지언정 배신은 하지 않는다.

그걸 증명이라도 하는 듯한 후배의 모습에 인재도 자기 자신을 채찍질하지 않을 수 없었다.

“트레드밀 뛰는 건 체력 때문이냐?”

“당연하죠. 투구 수를 늘려야 하는데 팔이 아파서가 아니라 체력 때문이니까 더 열받더라고요.”

물론 여기에서 말하는 체력은 시스템의 체력이었다.

그걸 모르는 인재는 그냥 웃어넘기면서 주제를 바꾸었다.

“그런데 얘기 들었냐?”

“무슨 얘기요? 밑도 끝도 없이.”

운동 중에 잡담하는 일은 언제나 있었다.

그런데 슬쩍 돌아본 인재의 표정은 썩 밝지 않았다.

뭔가 심각해 보이기도 하고, 어처구니없어 보이기도 해서 괜히 궁금했다.

"얼마 전에 단장하고 감독님이 윗선에 불려 갔었다더라."

그 말에 상진의 몸이 잠깐 휘청거렸다.

트레드밀 위에서의 속도를 다시 원래대로 돌려놨어도 방금 전의 이야기가 신경이 쓰여서 오래 달릴 수 없었다.

감독과 단장이 윗선에 불려가는 일은 그렇게 흔한 일은 아니었다.

짐작해 본다면 성적, 혹은 선수단의 관리 등의 문제였다.

"대체 무엇 때문이래요?"

"모르긴 몰라도 성적 때문이지 않을까? 젠장, 그래도 5할은 유지하고 있는데 불려 갈 정도는 아니잖아."

"그러면 선수단 관리 같네요. 부상 선수도 은근히 많으니까 그럴지도 모르죠."

상진은 잇소리를 내며 트레드밀에서 내려왔다.

지금 팀의 상황은 생각보다 메말라 있었다.

1군과 2군의 실력 차이가 있는 건 기본이지만, 충청 호크스는 더욱 심했다.

오죽하면 최악의 패전 처리조였던 자신마저도 1군에서 비빌 수 있을 정도였을까.

게다가 인재의 말마따나 올해 충청 호크스는 생각보다 부상자가 많았다.

호출받을 정도로 성적이 나쁜 편은 아니니 이것저것 제외해 본다면 결국 선수단의 관리가 아닐까 싶었다.

"그리고 묘한 소문이 있다. 아마 이거 때문이라고 생각되더라."

"뭔데요?"

"트레이드. 팀 내 고참급들 중에서 하나 골라서 유망주랑 트레이드를 할지도 모른다는 소문이 있던데?"

그 말에 상진은 콧방귀를 뀌었다.

간당간당하게 5할을 유지하면서 5위권을 노려 보고 있는 상황이다.

아무리 팀이 리빌딩을 천명했다고 해도, 이런 상황에서 주축 선수를 트레이드해서 유망주를 데리고 오는 짓은 할 수 없다.

무엇보다 한국 프로 야구는 트레이드에 매우 인색했다.

특히나 언제 어디서 누가 어떻게 포텐셜을 터뜨릴지 모르는 게 바로 야구다.

그렇기에 어느 팀이든 유망주가 아니라 조금이라도 재능 있어 보이는 선수를 내주는 걸 극히 꺼렸다.

"그럴 만한 선수가 있을까요?"

"하나 있잖아."

인재는 손가락으로 눈앞에 있는 사람을 가리켰다.

상진도 손가락을 들어 자신을 가리키면서 눈을 동그랗게 떴다.

"나?"

"어, 너."

"어째서?"

"어째서긴 뭐 어째서야. 올해 갑자기 성적을 내고는 있어도 부상 경력이 있는 데다가 여태까지 쌓은 거 하나 없는 투수가 있잖냐."

그 말에 상진은 순간 멍해졌다.

생각해 보니 자신은 트레이드 카드로 쓰기에 최적인 사람은 자신이었다.

요새 갑자기 성적을 내고 있지만, 과거의 경력으로 보면 불안하다.

그렇다면 트레이드를 해서 혹시 모를 리스크를 없애고 유망주와 즉전급 전력을 받아와 팀의 전력을 강화한다.

자신이 주인공인 트레이드가 아니라면 나쁘지 않은 시나리오였다.

"그래서 진짜예요?"

"뭐, 인터넷에 돌아다니는 썰이지. 나도 몰라."

"에이 씨, 썰 가지고 그러지 마요. 구단 내에서도 아직 얘기조차 없는데 갑자기 무슨 트레이드예요."

그러면서도 약간은 불안한 마음이 있었다.

사소한 농담을 주고받는 걸로 치부할 수는 있어도, 자신이 트레이드 카드로 유용하단 사실까지 부정할 수는 없었다.

그건 현실 부정이다.

* * *

모든 스포츠가 그렇지만 한국 야구는 유독 심한 게 하나 있다.

바로 첫 입단부터 FA를 선언할 때까지 한 팀에 계속 몸담고 있어야 한다는 점이다.

2차 드래프트나 혹은 구단 사이의 트레이드를 통해 이동할 수는 있어도 자의가 아니다.

무조건 타의에 의해서 진행되는 일이었다.

그래서 일부 선수들은 트레이드를 일종의 형벌처럼 생각하곤 했다.

그리고 구단 사이에 벌어지는 트레이드 자체가 많지도 않았다.

"아, 안녕하세요, 선배님."

"그래. 안녕?"

요새 트레이드 썰이 흘러나와서 그런지는 알 수 없었다.

하지만 후배들이 자신을 대하는 태도가 이상하게 변했다는 점을 알아챘다.

그리고 상진도 마음에 들지 않았다.

그렇게 생각하지 않으려고 해도 트레이드가 왠지 징벌처럼 느껴지는 건 어쩔 수 없었다.

"감독님."

"무슨 일이지?"

선수 생활의 시작도 호크스였다.

갑자기 내팽개치는 것처럼 버려지는 건 죽어도 싫었다.

"트레이드 이야기를 들었습니다."

"그런 이야기에 일일이 신경 쓰지 마라. 일일이 반응하면 다음 투구에 영향을 받는다."

"그런 이야기가 있던 건 사실인지 확인만 해 보고 싶습니다. 혹시 아십니까?"

"있었다. 그리고 단장님과 내가 거절했다. 윗선에서도 받아들여서 트레이드 건은 없는 일이 됐다."

단호한 감독의 목소리에 이상진은 그만 안심해 버렸다.

그 목소리에는 여태까지 느껴 보지 못했던 신뢰가 가득 담겨 있었다.

한현덕 감독은 이상진을 보면서 작게 한숨을 내쉬었다.

멘탈도 강하고 자기 자신을 철저하게 관리하기에 언뜻 보면 완벽해 보이는 선수였다.

하지만 이런 모습을 볼 때면 아직 미숙한 면이 눈에 보일 때가 있었다.

"상진아, 그렇게 신경이 쓰였냐?"

"뭐, 제가 팀을 떠날지도 모른다는데 신경이야 쓰였죠."

"걱정하지 마라."

적어도 자신이 팀의 감독으로 있는 한 상진을 다른 팀에 보낼 생각은 추호도 없었다.

"지금 너는 흔들리는 국내 선발진을 바로잡아 줄 유일한 투수다."

"인재 형이 들으면 서운해하겠는데요?"

"그 녀석도 쓸 만은 하지. 그래도 완전히 믿을 수 있는 건 아니야. 확신을 가지고 경기에 투입할 수 있는 선수는 우리 팀에 몇 없다."
그리고 자신이 그중 하나라는 말이었다.
어젯밤에 잠도 제대로 못 잘 정도로 신경을 썼던 마음이 천천히 가라앉는 기분이었다.
상진은 고개를 숙이며 감사를 표했다.
"믿어 주셔서 감사합니다."
"요새 체력 훈련은 어떠냐?"
"많이 좋아졌습니다. 여름이 되기 전까지 어느 정도 키워 놓을 생각입니다."
"알아서 잘하리라 믿으마."
요새 상진이 하는 걸 보면 괜한 조언을 건네는 것보다 지금의 페이스가 꺾이지 않도록 해 주는 편이 더욱 좋았다.
그렇게 말하고 돌아서려던 한현덕 감독은 흠칫하며 걸음을 멈췄다.
뒷모습을 배웅하려던 상진은 갑자기 감독이 발을 멈추자 의아한 표정을 지었다.
"왜 그러십니까?"
"그러고 보니 깜박했네."
"뭘 깜박하신 겁니까?"
"이번에 선발 로테이션 일정을 조정하려고 한다. 네 등판일은 하루 늦춰질 거다."
로테이션대로 돌아간다면 상진의 다음 일정은 토요일이었다.
그런데 그다음 날이 된다면 사정이 조금 바뀐다.

"어? 그날 올라가도 되는 겁니까? 외국인 투수 안 쓰시고요?"

"지금은 외국인 투수보다 네가 더 낫다는 판단이 섰다."

토요일은 5월 4일.

그리고 하루 늦춰지면 5월 5일이 된다.

대전 홈구장 대전 호크스 파크에서 벌어지는 어린이날 경기에 자신이 선발투수로 출장한다.

그 사실을 깨달은 상진은 두 주먹을 불끈 쥐었다.

*　　　　*　　　　*

매일같이 텔레비전으로만 야구를 봤었다.

그래서 처음으로 야구를 보러 경기장에 갔을 때 신기하기도 하고 놀이동산에 놀러간 것 이상으로 즐거웠다.

그리고 그날은 바로 어린이날이었다.

아버지의 손을 붙잡고 갔던 그날, 처음으로 충청 호크스의 경기를 두 눈으로 직접 볼 수 있었다.

텔레비전으로 보던 것과는 전혀 달랐다.

현장에서 부르짖는 관중들의 응원 소리와 경기장의 뜨거운 열기에 매료됐었다.

그리고 20여 년이 지난 지금도 그날과 별다를 것 없는 광경들이 펼쳐져 있었다.

다만 그때와 상황은 정반대였다.

"와! 이상진이다!"

"이상진 아저씨다!"

작년 어린이날 행사 때는 자신을 찾는 사람은 거의 없었다.

그만큼 존재감도 미미했고 인기도 없었다.

하지만 올해는 달랐다.

경기장을 찾은 관중들은 자신을 발견하자마자 이름을 연호하며 환호성을 질러댔다.

순식간에 둘러싸인 상진은 웃으면서 종이와 옷, 그리고 내미는 모자에 사인을 해 주었다.

"반갑습니다, 여러분! 자! 그쪽 애기도 일로 와."

"사진! 사진 같이 찍어요!"

"그래? 같이 찍을까?"

상진은 가볍게 어린아이 둘을 양팔에 끌어안은 채 들어 올렸다.

그리고 엄마 품에서 같이 안기고 싶어서 버둥거리는 셋째를 보며 싱긋 웃었다.

아빠로 보이는 남자가 사진을 찍자 이번에는 버둥거리며 울먹이는 셋째를 안아서 두 번째 사진을 찍었다.

"이름이 뭐예요?"

"임하준요!"

"임하랑요!"

"저, 저는 임하율요!"

먼저 사진을 찍은 둘이 대답하자 상진에게 안겨 있던 막내가 다급하게 자기 이름도 외쳤다.

사진을 찍고 내려 주고서 가방에서 꺼낸 공 세 개에 사인을 했다.

삼형제에게 하나씩 사인볼을 건네주면서 머리를 쓰다듬어 주었다.

그때 하율이가 자신을 올려다보며 물었다.

"오늘 이길 거예요?"

그 질문에 상진은 서슴없이 대답했다.

"당연하지."

그 대답에 삼 형제의 얼굴이 환하게 밝아졌다.

팬들에게 사인을 해 주고 안으로 들어오자 그 광경을 지켜보고 있던 박달재 코치가 피식 웃었다.

"오늘도 자신 있냐?"

"물론이죠."

이번 시즌 들어와서 늘 최고의 몸 상태를 유지해 왔다.

하지만 오늘은 최고의 최고라고 할 만큼 놀라울 정도로 컨디션이 좋았다.

"어린이들한테 꿈과 희망을 안겨 줘야죠."

박달재 코치는 웃음을 빵 터뜨리면서 핀잔을 주었다.

"절망과 공포가 아니면 다행이겠다, 인마."

충격과 공포다,
깽깽이들아
VICTORY

절망과 공포였다.

공이 다시 공중에 치솟자 마운드 위에 있던 투수의 얼굴이 창백해졌다.

좌측 담장을 넘어가는 공을 바라보며 좌익수도, 중견수도 움직이지 못했다.

너무나도 커다란 장외 홈런에 관중들의 환호성이 호크스 파크 전체를 뒤흔들었다.

—홈런! 좌측 담장을 훌쩍 넘기는 대형 장외 홈런!

—윌리엄 선수가 한 건 해 주는군요! 그랜드 슬램입니다!

—시즌 10번째 홈런을 만루 홈런으로 장식합니다!

—충청 호크스가 4 대 0으로 앞서나갑니다.

이제 1회 말인데 벌써 4 대 0이 됐다.

1회 초에 수원 매지션즈의 타선을 상대로 가볍게 삼진 세 개를 잡아냈던 상진은 타선마저 화끈하게 터져 주자 투덜거렸다.

"이야, 오늘 나한테서 주인공 자리를 빼앗으려고 다들 기를 쓰는구만."

이를 드러내며 웃는 얼굴로 더그아웃에 돌아온 윌리엄과 주먹을 맞부딪쳤다.

그리고 다시 진지한 얼굴로 그라운드를 바라봤다.

타선이 터져 주면 좋은 일이고, 무엇보다 투수인 자신에게도 좋은 일이다.

1회 말 공격이 끝나고 2회에 마운드에 오르자마자 확실하게 알 수 있었다.

"스트라이크!"

벌써부터 휘두르는 배트에서 조급함이 묻어났다.

경기는 아직 8회나 남아 있다.

그리고 4점 차이라면 차근차근 추격해 낼 수 있는 점수 차이였다.

수원 매지션즈의 타자들은 아직 경기를 포기하지 않았다.

'포기하지 않는 마음가짐 좋지. 음, 아주 좋고말고.'

그것이 역으로 자신에게 이용당할 수 있다는 사실은 전혀 깨닫지 못하고 있었다.

필승의 각오를 다진다고 해도 점수가 뒤지고 있는 만큼 선수들의 마음은 조급해진다.

눈치채지 못할 정도로 야금야금 자신의 마음을 파고드는 조급함은 이내 초조함으로 뒤바뀐다.

상진이 그걸 이용하지 않을 리 없었다.

"스트라이크!"

바깥쪽으로 휘어 나가는 슬라이더로 단숨에 카운트를 유리하게 가져간 상진은 싱글거리면서 관중석을 둘러봤다.

1루 홈 관중들은 목소리를 높여 응원가를 부르고 있었고, 3루 원정 관중들의 얼굴은 잔뜩 굳어 있었다.

"오늘은 어린이날 우리들 세상~♬"

어린이날 노래를 흥얼거리면서 상진은 1루 관중석 한가운데를 바라봤다.

그리고 낯익은 얼굴을 발견하고 고개를 슬쩍 숙여 보이고 공을 들어 보였다.

"사실 어버이날에 올라오고 싶긴 했는데 말이죠."

어린아이처럼 좋아하면서 어머니를 끌어안고 펄쩍펄쩍 뛰는 아버지를 보며 상진은 괜스레 부끄러웠다.

그래도 초청했으니 자랑스러운 아들의 모습을 보여 드려야 하지 않겠는가.

"이럴 때 보면 아버지도 아직 애 같으시다니까."

5월 4일에 등판이 예상됐을 때는 약간 실망했었다.

우천으로 하루 밀린 게 계산을 완전히 어그러지게 만들 줄은 몰랐다.

우천 취소 없이 일정을 가져갔다면 상진의 등판일은 5월 3일.

그렇게 되면 조금 무리해서라도 5월 8일 어버이날에 등판시켜 달라고 요청할 생각이었다.

어버이날에 부모님한테 승리를 선물해 드리는 거야말로 10년 동안 꿈꿔 온 일이었다.

"그런데 어린이날이라니."

부모님을 경기장에 모시기에는 애매한 날이었다.

그래도 올 시즌에 아들이 예전 이상의 모습으로 공을 던지는 걸 확실하게 보여 드리고 싶었다.

그리고 무엇보다 큰 과제가 하나 남아 있었다.

'오늘의 목표는 완투다.'

그동안 길어도 7이닝을 소화하는 데 그쳤다.

투구 수가 많아지면 많아질수록 체력이 깎여 나가는 페널티가 존재하는 만큼 투구 수를 관리하는 게 지상 과제였다.

"재환이 형. 작전을 좀 바꾸죠."

"응? 왜 바꿔? 그보다 어떻게 바꾸게? 경기 초반에는 힘으로 억눌러 버리자면서."

"팀이 점수를 냈으니까 생각을 좀 바꿔야 하지 않겠어요?"

그라운드로 나오다가 잠시 귓속말로 몇 마디 주고받은 재환은 그만 웃음을 터뜨렸다.

"이야, 진짜 못됐다. 내가 타자라면 너 같은 투수는 절대로 만나기 싫을 거다."

"투수와 포수로 만나면요?"

"영혼의 배터리. 너 같은 놈하고만 배터리 짜고 싶을 정도다."

"그러면 말한 대로 합니다."

재환은 상진의 얼굴을 보면서 쓴웃음을 짓고 말았다.

입꼬리가 귀에 닿을 듯이 올라가는 저 얼굴을 보면 누구라도 자신과 똑같은 표정을 짓지 않을까 싶었다.

"하여튼 남 골탕 먹이는 데는 선수라니까."

*　　　*　　　*

5번 타자로 대기 타석에 올라선 박영수는 잔뜩 긴장하고 있었다.

이상진이 이번에 거두고 있는 성적은 압도적이라고 해도 과언이 아니었다.

그래서 수원 매지션즈의 선수들 모두 투구 영상을 죽어라 살펴보고 연구해 왔다.

나름대로 준비는 해 왔어도 그게 잘 통할까 걱정스러웠다.

배트를 휘둘러 보며 먼저 타석에 나가 있던 로저스를 향해 시선을 돌린 그때 딱 하고 배트에 공이 맞는 소리가 들려왔다.

"어?"

로저스도 휘두른 배트에 초구부터 맞을 줄은 미처 몰랐다.

순간 당황하긴 했어도 구선수로 잔뼈가 굵은 몸이었다.

반사적으로 1루를 향해 죽어라 달려 나갔다.

하지만 유격수가 잡아서 던진 공에 아웃 카운트를 하나 늘려줬다.

"젠장!"

조금만 더 빠르게 뛸걸.

조금만 더 일찍 뛰어갈걸.

온갖 생각이 머릿속을 헤집었다.

그래도 아웃을 당한 건 어쩔 수 없었다.

'대체 무슨 공을 맞힌 거지?'

로저스와 교대하듯 타석에 올라온 박영수는 뭔가 홀린 듯한 기분이었다.

조금 전에 로저스가 무슨 공을 건드렸는지 지켜보지 못한 게 너무 안타까웠다.

'일단 경계하자. 초구는 지켜봐야지.'

이렇게 생각하면서 배트를 약간 느슨하게 쥐었다.

스트라이크존 안을 통과하는 공이 어떤 게 날아올지 가만히 지켜보려던 영수는 순간 흠칫 놀랐다.

그리고 몸은 주인의 이성과 반대로 배트를 휘두르고 있었다.

손에 느껴지는 묵직한 감각은 배트에 공이 맞았다는 사실을 깨닫게 해 줬다.

"뭐야?"

"와!"

"쳤다!"

수원 매지션즈의 감독 이강설도 자리에서 벌떡 일어나며 주먹을 불끈 쥐었다.

하지만 너무 2루수의 정면으로 들어갔다.

타구가 빠르기는 했어도 땅볼을 가볍게 캐치해 낸 정은일이 1루에 공을 던져서 바로 투아웃을 만들어 냈다.

더그아웃으로 들어온 영수를 바라보며 이강설이 넌지시 물었다.

"대체 너도 그렇고 로저스도 그렇고. 왜 그렇게 성급하게 휘두르냐?"

"어, 음. 그게 휘두를 생각은 없었습니다."

"그런데 왜?"

"휘두를 수밖에 없는 공이 왔습니다."

그 말뜻을 바로 이해하지 못한 이강설이 다시 말하려는 찰나, 딱 하고 배트에 공이 맞는 소리가 들렸다.

일러도 너무 이른 타이밍에 들려온 소리에 황급히 고개를 돌린 이강설의 눈에는 타구가 내야 플라이로 잡히는 광경이 들어왔다.

"아웃!"

순식간에 공격이 끝나 버렸다.

이상진이 2회에 올라와서 던진 공은 딱 5개였다.

*　　　*　　　*

—이상진 선수가 5구로 2회를 제압하고 내려갑니다!

—놀라울 정도로 효율적인 투구네요. 수원 매지션즈의 선수들이 꼼짝없이 당합니다.

—배트를 끌어내는 기술이 일품이네요.

해설들이 떠드는 것과 달리 상진은 매우 세밀하게 조정해 나가고 있었다.

타자들의 데이터는 전부 머릿속에 있었다.

그걸 어떻게 이용하는지는 전부 자신에게 달려 있었다.

'타자들마다 좋아하는 코스가 따로 있지.'

이제 올라오는 타자도 메이저리그를 맛보고 온 타자였다.

한재군.

과거 부산 타이탄즈에 있었다가 메이저리그에 투신하고 혹독한 실패를 거친 후에 한국으로 돌아왔다.

하지만 메이저리그에 괜히 다녀온 게 아니라는 걸 포인트가 증명해 주고 있었다.

[상대방의 포식 포인트가 표시됩니다.]

[타자의 포인트는 87입니다.]

이대룡이나 최자석과 차이가 있긴 해도 다른 타자와 비교한다면 꽤 높은 수치였다.

속으로 휘파람을 불면서 상진은 그립을 고쳐 쥐었다.

"상진아! 화이팅이다! 아빠가 보고 있다!"

멀리서도 확실히 알아들을 수 있는 아버지의 목소리에 그만

웃음이 새어 나왔다.

엊그제 전화를 하면서 좋은 좌석을 얻어 드린다고 해도 굳이 1루 관중석에서 응원하시겠다면서 고집을 피우셨다.

경기장을 울려 대는 응원가와 앰프 소리에 파묻혔어도 똑똑히 들리는 아버지의 목소리였다.

"스트라이크!"

상진은 거침없이 팔을 뻗었다.

상대가 메이저리그에 다녀왔든 일본 야구를 경험했든 그런 사실은 전혀 상관하지 않았다.

지금 상진은 마운드 위에서 상대를 사냥하려고 준비 중인 사냥꾼.

그리고 타석의 타자는 그저 사냥감일 뿐이다.

이 관계가 역전될 일은 없다.

'내가 정했다면 그런 거야!'

아까부터 그랬지만 상진은 계속해서 타자의 배트가 나오도록 유도하고 있었다.

타자들이 좋아하는 코스가 있고, 싫어하는 코스가 있다.

싫어하는 코스로 공을 던진다면 배트가 잘 나오지 않으므로 삼진이나 카운트를 잡기 유리해진다.

하지만 좋아하는 코스로 공을 던진다면?

따악!

"파울!"

이렇게 된다.

투구 수를 조절하기 위해서는 타자의 배트가 나오도록 유도해야 했다.

그러기 위해서는 가장 적절한 코스에 어려운 공을 집어넣어야 한다.

"엇!"

약간 아래로 떨어지는 체인지업을 향해 한재군의 배트가 튀어나왔다.

순간 잘못된 판단이라고 생각하며 배트를 멈추려고 했지만, 이미 맞은 뒤였다.

재군은 이를 악물고 1루로 뛰었지만 투수 앞으로 굴러간 땅볼을 어찌할 도리는 없었다.

[타자 포인트 87을 포식하였습니다.]

[이닝을 무실점으로 종료하였으므로 추가 포인트 20을 획득합니다.]

[주자를 진루시키지 않았으므로 추가 포인트 20을 획득합니다.]

[포인트 상한 달성으로 1코인을 획득합니다.]

상진은 씩 웃으면서 가볍게 목근육을 풀었다.

타자들의 조급함을 이용하면 투구 수를 확실히 줄일 수 있다.

다만 상대 팀이 냉정하게 대처한다면 정통으로 얻어맞을 수 있는 위험은 분명히 있다.

그래도 상진은 뒤에 있는 동료들을 믿고 있었다.

'맞으면 뭐, 뒤에서 알아서 해 주겠지.'

만약에 동료들을 믿을 수 없는 상황이 닥친다면 어떻게 할 것인가.

별로 어려울 건 없다.

맞춰 잡는 게 안 된다면 전력투구를 하면 되니까.

* * *

—이상진 선수가 3회에도 공 7개로 타자를 제압합니다!

—오늘 투구 수를 무척이나 절약하는군요.

—마치 귀신한테 홀린 듯이 수원 매지션즈의 타선이 배트를 앞으로 내밉니다.

—삼진은 두 개뿐이지만 나머지 타자들은 전부 범타로 처리됐군요.

—실책으로 9번 타자인 이윤국 선수가 출루한 것을 제외하고는 완벽한 투구입니다!

3회까지 고작 22개를 던져서 아홉 타자를 잡아냈다.

일그러진 얼굴로 더그아웃으로 들어가는 타자를 보며 상진은 어깨를 으쓱거려 보았다.

상대 선수는 그런 자신을 보고 더욱 얼굴을 일그러뜨렸다.

'아마 미치고 환장할 노릇이겠지.'

타자들이 좋아하는 코스로 공을 들이밀어 주자 옳다구나 하고 배트가 앞으로 튀어나왔다.

하지만 상진이 노린 게 바로 이것이었다.

좋아하는 코스로 공을 밀어 넣어 주되 타자들이 약한 구종으로 공을 던졌다.

그래서 배트가 앞으로 나오지만 예상하던 구종이 아니라, 전혀 뜻밖의 공이 날아오자 속수무책으로 당할 수밖에 없었다.

조금 전에 들어온 김민형처럼 말이다.

따악!

"이익!"

설마하니 좌타자에게 우완 투수가 슬라이더를 던질 거라고는 꿈에도 꾸지 못했다.

하지만 방금 전에 상진이 던진 공은 슬라이더.

패스트볼처럼 날아와서 순간 배트를 내밀었던 민형은 자신의 몸 쪽으로 꺾여 들어오는 변화구에 흠칫 놀랐다.

"아웃!"

좋아하는 코스로 날아오는 공에 자신 있게 배트를 냈다가 희한하게 휘어지는 공에 흠칫 놀란다.

여태까지 타선에 올랐던 매지션즈의 타자들이 전부 이런 패턴으로 당했다.

좋아하는 코스로 공이 들어오니 이성적으로는 기다려야겠다고 해도 본능적으로 휘두르게 됐던 것이다.

"기다리라고 했잖나!"

더그아웃에 돌아온 김민형은 감독의 질책에 얼굴이 시뻘개졌다.

분명히 타석에 나갈 때 초구는 기다리라는 이야기를 들었다.

그래서 억지로 버틸 생각이었는데, 그만 배트가 나오고 말았다.

"그만하세요, 감독님."

"하지만 김세균 코치! 이게 말이나 됩니까!"

수석 코치인 김세균이 나와서 말려도 이강설 감독의 흥분은 가라앉질 않았다.

약간 힘을 주어 그를 다시 감독석에 앉힌 세균은 작게 한숨을 쉬며 그라운드로 시선을 돌렸다.

"우리 타자들이 못 참는 게 아닙니다. 참지 못하도록 유도당하고 있습니다."

"그건 나도 알고 있습니다. 그래도 참아야죠!"

"저건 이상진이 매우 영리한 겁니다. 칠 의지가 있다면 좋아하는 코스로 공을 넣어서 배트가 나오도록 유도하죠. 그런데 칠 의지가 보이지 않는다면 여지없이 한복판으로 공을 집어넣습니다. 도발을 하는 겁니다."

문제는 선수들의 심리를 쥐락펴락하는 이상진에게 대항할 수단이 없단 점이었다.

점수는 뒤지고 있기에 얼른 추격을 해야 하는 입장이기에 좋은 코스로 들어오는 공을 놓칠 수는 없었다.

그런데 그게 오히려 유도당하는 길이니 속이 터질 일이었다.

"어쩌면 우리는 이상진이 현 시대 최고의 투수로 성장하는 광경을 보는 걸지도 모르겠네요."

수원 매지션즈의 강천호는 몸 쪽 공을 걷어 내는 걸 좋아한다.

그리고 바깥쪽으로 공략당하는 걸 싫어했다.

그래서 몸 쪽으로 파고드는 공에 순간적으로 반응할 수밖에 없었다.

배트는 다시 한번 허공에 의미 없이 휘둘러졌다.

"휘두르지 말고 차분하게 기다려라."

감독님의 지시를 듣고 타석에 섰다.

하지만 아무리 말한다 한들 몸이 순식간에 반응하는 것만은 어쩔 수 없었다.

치지 않겠다고 아무리 생각해도 이상진의 공은 타자를 현혹하듯 좋아하는 코스로 파고들었다.

딱 하고 둔탁한 소리와 함께 공이 앞으로 굴러 나갔다.

"이런 빌어먹을!"

공을 앞으로 굴리고 잇소리를 내며 앞으로 뛰어나간 천호는 미칠 지경이었다.

그리고 지켜보던 이강설 감독도 미칠 지경이었다.

분명히 이상진이 던지는 공은 타자들의 배트에 맞고 있었다.

그런데 안타가 되는 공은 어쩌다가 빗맞은 공 한두 개를 제외하고는 거의 없었다.

게다가 전부 초구 아니면 2구째에 승부를 보려고 하고 있었다.

단순히 점수가 밀리고 있기에 조급해졌다는 말만으론 설명할 수 없는 현상이었다.

"왜 안 기다렸지?"

"아니, 그게……."

타석에서 돌아온 강천호는 고개를 숙인 채 아무 말도 하지 못했다.

이강설은 아까와는 달리 웃는 얼굴로 어깨를 두드려 주면서 어린 선수를 다독여 주었다.

작년에 데뷔해서 파란을 일으킨 신인 타자였고, 언제나 냉정하고 침착하던 녀석이기도 했다.

그런 녀석이 이상할 정도로 냉정하게 대처하지 못하는 것 같은 느낌을 받았다.

"너를 탓하려는 건 아니다. 그냥 궁금해서 그렇지. 다른 형들도 그러지 않았니?"

"그, 그러니까. 항상 노리던 코스에 갑자기 공이 파고들어 왔습니다."

"노리던 코스?"

"네. 제가 좋아하는 코스로 들어와서 그만……."

한숨이 절로 흘러나왔다.

아까부터 타자들이 돌아와서 하는 이야기는 전부 똑같았다.

좋아하는 코스로 공이 들어와서 순간 반응해 버렸다.

타자는 기본적으로 타석에 들어가면 공을 치려고 한다.

아무리 지켜보려고 한들 점수가 뒤지는 상황에서 타격은 필수였다.

"정말 영리해. 영리해서 빡칠 지경이군."

이쪽에서 투구 수를 늘리려고 하는 걸 눈치챈 건지, 아니면 의도적으로 저러는지는 알 수 없었다.

하지만 하나 확실한 건 이상진에게 이쪽이 농락당하고 있단 사실이었다.

워낙 공격적인 피칭을 하면서 동시에 미묘할 정도로 타자의 배트를 유도해 냈다.

그렇게 유도당해서 치는 공마다 족족 범타가 되니 미칠 노릇이었다.

"정말 답이 없군. 저걸 어떻게 해야 하지?"

"그냥 휘두르지 말라고 하십시오."

"휘두르지 않는다고요?"

김세균 수석 코치의 말에 이상설의 얼굴이 찌푸려졌다.

하지만 그 말에도 일리는 있었다.

"지금처럼 고작 공 한두 개 보고 마는 것보다 적어도 확실하게 3개씩 잡는 편이 낫지 않겠습니까? 중간에 볼도 하나 굴러들어 올 수 있겠죠."

"정말 마음에 안 드는 방법이군요."

공을 치지 않는다면 대체 타자가 타석에 나갈 이유가 무엇인가 싶었다.

하지만 이게 고육지책 끝에 나온 방법이란 사실도 알고 있었다.

지금 수원 매지션즈가 할 수 있는 방법은 이상진의 투구 수를 늘려서 한 회라도 빨리 강판시키는 일이었다.

"할 수 없죠. 대신에 너희들. 타석에 서면 매섭게 이상진을 노려봐라."

"예?"

갑자기 타석에 올라가면 노려보라니.

무슨 뜻인지 이해할 수 없었다.

"칠 마음이 없단 사실을 들킬 수는 없잖냐. 최대한 아닌 척하라는 소리다."

"아, 알겠습니다!"

바둑을 무척이나 좋아하는 이강설로서는 반외전술이라는 것도 나름 공부하고 있었다.

인터뷰를 통해서 상대 선수를 흔들어 대거나 상대 팀의 분위기를 흐트러뜨리는 식의 반외 전술은 나름대로 유용하게 쓰일 때가 있다.

어떻게든 속고 속이면서 이상진을 흔들어 놔야 했다.

*　　　*　　　*

"스트라이크!"

"스트라이크!"

"볼!"

공을 세 개 던지면서 상진은 뭔가 이상함을 느꼈다.

표정만 보면 마치 이쪽을 잡아먹지 못해 안달이 난 것처럼 보였다.

그런데 좋아하는 코스에 공을 꽂아 넣어도 반응하지 않았다.

배트가 움찔거리는 모습도 눈에 들어오지 않았다.

"스트라이크! 아웃!"

무슨 속셈인지 눈치채는 데 그리 오래 걸리지 않았다.

조금 전까지 좋아하는 코스로만 집어넣으면 충분했다.

그러면 알아서 배트가 나와줬다.

'어쭈, 이것 봐라?'

그런데 지금은 달랐다.

아까까지는 치겠다는 의지가 확실히 보였다면, 지금은 배트를 들고 이쪽을 노려볼 뿐, 그런 의지가 보이지 않았다.

마치 으르렁거리기만 하고 덤벼들지 않는 늑대를 보는 기분이었다.

'눈속임질을 한다 이거지?'

심리전에는 일가견이 있다고 자부하는 자신이 잠깐이나마 눈속임을 당했다는 사실에 살짝 자존심이 상했다.

거칠게 마운드 위의 흙을 툭툭 차고는 다시 자세를 바로잡았다.

상대가 그렇게 나온다면 이쪽도 다시 전술을 바꾸면 그만이다.

신호를 보내자 포수 재환이 마운드로 올라왔다.
"왜 불러?"
"다시 바꾸죠."
"저쪽에서 전술을 바꿔서 그래?"
"좋아하는 코스로 넣어 주는데도 안 치겠다면 별수 없잖아요?"
"하여튼 너도 별종이다. 그래서 어쩔 건데?"
좋아하는 코스로 집어넣어 주는데도 치지 않는다.
그렇다면 유혹하는 것 말고 다른 방법이 하나 있었다.
"몸 쪽도, 바깥쪽도 싫다고 하니까 한가운데로 던져 보죠."
바로 열받게 하는 방법이었다.
공을 한가운데로 집어넣겠다는 말에 재환은 기겁했다.
"미쳤냐?"
"안 미쳤어요. 어디 가만히 있을 테면 가만히 있어 보라고 해요."
상진은 입가를 가리던 글러브를 치웠다.
입 모양으로 읽어 볼 테면 읽어 보라는 식으로 고개를 돌려 수원 매지션즈의 더그아웃을 바라봤다.
"어차피 제 공은 칠 수도 없을 테니까요."

*　　　*　　　*

최춘자는 얼굴을 가렸다.

너무 화끈거려서 도저히 고개를 들 수가 없었다.

그와 반대로 이송석은 아내 이상으로 벌게진 얼굴로 웃음을 터뜨렸다.

"으하하핫! 저기 던지는 놈이 제 아들내미입니다! 여러분! 으하하하! 상진이 이놈아! 내가 네 이름을 삼진으로 못 지은 게 천추의 한이다!"

"아이고! 아버님! 거기는 떨어져요!"

"어이쿠쿠!"

응원석 앞까지 나가서 덩실덩실 춤을 추며 응원단장과 함께 응원가를 부르는 모습을 보며 관중들은 낄낄거렸다.

사실 이상진의 아버지 이송석은 충청 호크스의 명물이자 유명인이었다.

언제나 1루 쪽 응원석에 앉는 건 기본이었고, 과거에도 홈경기 대부분을 관전해 왔었다.

무엇보다 이상진이 충청 호크스에 입단한 이후에는 이상진의 아버지로서 팬들에게 익숙해 있었다.

"삼구 삼진! 자! 더 크게! 삼구 삼진!"

"상진아! 삼구! 삼진!"

게다가 앞으로 나오기는 했어도 응원단에게 뭔가 불편을 끼치는 것도 아니었다.

분위기가 안 좋으면 오히려 돋구는 역할을 하기도 했고, 관중들도 좋아했다.

"여보! 들어와요!"

"푸하하하! 왜 그려! 좋잖아! 상진이가 저렇게 잘해 주는데 좋잖아!"

"그러니까요! 사모님! 사모님도 나오시죠!"

"아이, 난 싫어요."

손사래를 치면서 싫어하는 얼굴을 하자 송석은 다시 웃음을 터뜨렸다.

"우리 마누라가 부끄러움이 많아서 그렇습니다! 여기서 더 나오라고 하면 내일 아침 밥이 없어요! 없어! 으하하!"

주책바가지 남편의 고함에 1루에 모여 있던 관중들이 웃음을 터뜨렸다.

그녀는 다시 화끈거리는 얼굴을 가리면서 고개를 절레절레 흔들었다.

"진짜 저 양반은 부끄러움이라는 걸 배워야 한다니까."

그러면서도 최춘자는 고개를 돌려서 마운드 위에 있는 아들을 바라봤다.

부상과 재활, 그리고 고행의 시간을 거쳐서 다시금 저 위에서 활약하는 아들을 보는 그녀의 눈에도 뿌듯함이 묻어 나왔다.

"아이구, 나도 참 주책이야. 이럴 때 왜 눈물이 나온담."

텔레비전으로 볼 때는 미처 깨닫지 못했다.

하지만 아들이 경기장에서 공을 던지는 모습을 직접 보고 있자니 왠지 눈물이 나왔다.

부상을 당하고 고통에 힘겨워하던 아들이 재활하는 모습을 몰래 훔쳐보기도 했었다.

아파하면서 몸부림치는 아들을 보며 가슴 아파하지 않을 부모가 어디에 있겠는가. 그런데 어느새 회복해서 저렇게 팬들의 환호를 한 몸에 받는 아들이 너무 자랑스러웠다.

"으하하! 상진아! 오늘 완봉 한번 가자!"

그에 반해 남편은 너무 창피했다.

* * *

5회가 되자 수원 매지션즈의 선수들은 4회와 마찬가지로 공을 지켜보고 흘려 냈다.

그러던 한재군의 얼굴이 붉으락푸르락 일그러졌다.

"스트라이크!"

벌써 2구째였다.

이건 자신에 대한 모욕이었다.

아니, 모욕보다도 더했다.

공을 지켜보고 투구 수를 억지로라도 늘리는 작전은 자신도 동의했다. 그래도 칠 수 있다면 칠 생각으로 배트를 준비하고 있긴 했다.

'공을 두 개나 연속으로 한가운데에 집어넣어? 실투도 아닌데?'

지금 재군은 이상진에 대한 분노를 도저히 억누를 수 없었다.

설마하니 3구째도 한가운데로 집어넣을까 생각했다.

하지만 또다시 한가운데로 파고드는 공을 발견하고 반사적으로 배트를 휘둘렀다.
아슬아슬하게 빗겨 맞은 공은 허공으로 훽 치솟았다.
포수가 마스크를 벗고 가볍게 공을 캐치해 내자 재군의 얼굴이 더욱 일그러졌다.
"장난하나?"
"장난이라니. 그럴 리가 없잖아?"
포수가 하는 말 따위는 귀에 들어오지 않았다.
재군은 매서운 눈으로 마운드 위에서 고개만 까딱거리는 상진을 노려봤다.
설마하니 유인구 하나 던지지 않고 공 3개를 연달아서 한가운데로 던질 줄은 꿈에도 몰랐다.
그런데 지금만이 아니었다.
이어서 올라온 다음 타자에게도 3구 연속으로 가운데에 스트라이크를 집어넣었다.
그것도 변화구가 아닌, 아예 대놓고 패스트볼만을 던져 대고 있었다.
"또?"
"설마?"
"젠장. 이거 눈치챈 거 아니야?"
"한복판에 꽂히는 공에 계속 삼진을 당해야 한다고?"
두 타자 연속으로 한복판에 들어온 공에 삼진을 당했다.
수원 매지션즈의 선수단이 동시에 동요하기 시작했다.
그리고 그들의 동요는 곧 분노로 뒤바뀌었다.

한가운데로 연속해서 집어넣는 행위는 타자들을 무시하는 행동이었다.

감독이 공을 지켜보기만 하라 했어도, 단숨에 불이 당겨진 타자들의 분노에는 도리가 없었다.

"쳇!"

따악!

정타로 맞은 공이 라인 드라이브로 유격수의 글러브 안에 빨려들어 갔다.

하지만 위로 치솟은 공이 아니라 앞으로 뻗어 나가는 타구라는 점이 중요했다.

조금만 더 높았다면 안타가 될 가능성이 다분했기에 매지션즈의 타선의 태도도 순식간에 뒤바뀌었다.

"이상진이 흔들리기 시작한다."

"타구가 앞으로 뻗어 나가잖아!"

아까처럼 빗맞는 게 아니라 정타로 맞는 느낌이 들자 타자들은 다시 배트를 휘둘렀다.

그리고 또다시 배트에 맞은 공이 앞으로 굴러 나왔다.

3루수 송강민이 가볍게 캐치한 공이 1루로 뻗어가 아웃카운트를 하나 늘렸다.

상진은 고개를 슬쩍 숙이며 감사를 표하고는 다시 눈앞의 타자에 집중했다.

그리고 매지션즈의 이강설 감독은 다시 원상태로 돌아온 상황에 탄식했다.

"난리 났네."

저건 배트를 휘둘러 공을 맞추는 게 아니었다.

타자들은 알아채지 못했지만, 저건 투수가 공을 던져서 배트에 맞아주는 것이었다.

유도당하는 공이 제대로 뻗어 나갈 리가 없었다.

그나마 어쩌다가 조금 빗맞아서 행운의 안타가 되는 경우가 있을 뿐.

그것마저도 다음 타자가 올라가면 여지없이 병살타가 만들어졌다.

"저렇게 경기를 운영하는 투수는 오랜만이군요."

"애초부터 경기 운영은 잘하던 선수였어. 그런데 구속하고 구위를 되찾으니 이 사달이 난 거지. 에잉!"

완벽할 정도의 완급 조절.

5회를 제압하고 6회를 마칠 때까지도 이상진의 투구수는 고작 58개였다.

"이건 뭐, 치울 방법이 없는걸?"

이강설 감독은 그저 헛웃음만 터뜨리며 그라운드를 바라볼 뿐.

아무것도 할 수 없었다.

7회에 올라와서 2구만에 아웃 카운트를 잡자마자 경고 메시지가 떠올랐다.

[경고: 투구 수가 60을 돌파하여 체력이 10 하락합니다.]

시스템 메시지를 본 순간 상진은 입술을 살짝 깨물었다.

6과 1/3이닝 동안 투구 수 60개라면 상당히 절약한 편이다.

하지만 구속과 구위가 저하된 만큼 변화구 위주로 던지게 될 테고, 그만큼 위력이 약해진다.

지금까지는 타자들이 좋아하는 코스에 공을 넣으면서 동시에 구속과 구위로 윽박지르는 투구를 해 왔다.

배트에 맞춰주는 투구는 범타로 처리될 경우 투구 수를 줄이는 데 매우 도움이 됐다.

하지만 구속과 구위가 떨어지는 시점에서는 장타가 될 가능성이 높아진다.

'후우. 이제부터는 방법을 또 바꿔야 한다.'

그리고 상진의 입꼬리가 다시 올라갔다.

투수와 타자의 상관관계는 언제든지 변하는 법이다.

공략 방법도 마찬가지.

* * *

'어라?'

아까 상진에게 혹독하게 당했던 강천호는 단단히 준비를 하고 나왔다.

공이 날아온다면 힘으로 밀어붙일 생각을 하던 천호는 2구 연속으로 헛스윙을 하자 고개를 갸웃거렸다.

아까까지만 해도 아슬아슬하게나마 맞던 공이었다.

그런데 이번에는 공에 전혀 맞질 않았다.

'어째서?'

아까까지만 해도 빗맞긴 했어도 때리는 손맛은 있었다.

그런데 그런 손맛조차도 없어졌다.

'그리고 7회부터 던지는 공들이 계속 보더라인에 걸치고 있잖아?'

아까까지만 해도 한가운데, 혹은 자신이 좋아하던 코스로 파고들던 공이었다.

그런데 지금은 정말 지긋지긋할 정도로 치기 싫은 공들이 들어오고 있었다.

게다가 바깥쪽을 집요할 정도로 공략하고 있었다.

"스트라이크!"

투 스트라이크 원 볼.

카운트는 이미 몰려 있었고 천호에게 더 이상의 선택지도 없었다.

하지만 바깥쪽 아래로 휘어지며 뚝 떨어지는 공에 그만 배트가 헛돌아가 버렸다.

"스트라이크! 타자 아웃!"

거의 바운드나 다름없는 공이었지만 커트라도 해야겠다는 생각에 급히 휘둘렀다.

더그아웃에 들어온 천호는 얼굴을 감싸고 괴성을 질렀다.

이렇게라도 하지 않으면 오늘 이상진에게 철저하게 당한 자기 자신에 대한 혐오감으로 죽어 버릴 것만 같았다.

"스트라이크!"

이상진의 변화를 가장 먼저 알아챈 건 경험이 많은 베테랑들과 코치진이었다.

6회까지 이상진의 투구는 유인을 하긴 했어도 지금처럼 헛스윙을 유도하는 방식이 아니었다.

그런데 지금 이상진은 아예 작정하고 헛스윙을 유도해 내고 있었다.

"어떻게 할까요?"

"충청 호크스도 아직 추가점을 내지 못하고 있어. 4점인 채로 그대로지. 그리고 저건 이상진의 힘이 떨어졌다는 반증도 돼."

전광판에 찍히던 구속도 140킬로미터 후반대에서 어느새 초중반으로 낮아졌다.

시속 5킬로미터나 줄어든 구속이 의미하는 바는 컸다.

"전부 들어라. 이상진의 구속은 떨어졌지만 떨어지는 공의 변화폭은 아까보다 더 심하다. 그걸 유념하고 공을 노린다."

"알겠습니다."

모르고 치는 것과 일단 머리로라도 이해하고 치는 건 전혀 달랐다.

최소한 조금 전까지 이상진의 공을 겪어 봤던 선수들이었다.

변화 폭이 조금 더 심해진다고 알고 있다면 공을 맞히는 것도 조금 더 수월해질 터.

"스트라이크! 타자 아웃!"

그리고 이상진이라고 그걸 모르지는 않았다.

가볍게 7회의 두 번째 아웃 카운트를 삼진으로 잡아내고는 코웃음을 치며 팔을 휘저어 보였다.

아직도 가뿐하다는 표현에 타자들의 얼굴에 또다시 분노가 떠올랐다.

'어떻게든 공에 손을 대보려고 별수를 다 쓰네.'

6회까지는 철저하게 투구 수를 절약하기 위해 맞춰주는 피칭을 했다.

하지만 지금부터는 그런 것 따윈 없었다.

목표로 했던 건 완봉승.

남은 게 3회뿐인 만큼 남은 전력을 전부 털어버릴 생각이었다.

이왕이면 멋지게 이겨야 어린 팬들에게도, 부모님에게도 가슴에 남지 않겠나.

그리고 타석에 올라서는 타자를 보면서 입가에 미소를 띠었다.

"참 재미있지? 이런 상황에서 맞이하는 게 4번 타자라니 말이야."

상진은 타석에 서 있는 외국인 타자 로저스의 얼굴을 보며 공을 비틀어 쥐었다.

검지와 중지 손가락으로 실밥의 감촉을 느끼면서 다시 미소를 지었다.

[상대방의 포식 포인트가 표시됩니다.]

[타자의 포인트는 84입니다.]

그리고 다시 한번 대어를 잡아먹을, 즐거운 식사 시간이 찾아왔다.

* * *

로저스는 얼굴을 잔뜩 찌푸린 채로 타석에 섰다.

성급하게 배트를 내서 땅볼로 한 번, 외야 플라이로 한 번.

의미 없이 아웃 카운트를 늘리는 데 한몫했다.

이번에 이상진을 상대하는 세 번째 타석이었다.

'FUCK! 이번에는 기필코 친다!'

배트를 움켜쥔 로저스는 아까부터 생각하던 걸 다시 떠올렸다.

'이상진의 공은 공격적으로 스트라이크존을 공략한다. 6회까지는 전부 존 안에 제대로 틀어박혔다면 지금은 스트라이크존의 경계를 집중적으로 공략하고 있다.'

이게 더 골치 아픈 건 이상진의 공이 매우 날카롭게 제구되고 있단 점이었다.

그나마 자신은 스위치히터라 우투수인 이상진에게 대응하기 위해 좌타자 쪽의 히트 박스에 들어와 있었다.

이걸로 패스트볼처럼 중앙으로 들어오다가 몸 쪽으로 들어오는 슬라이더는 반쯤 봉쇄된 셈이다.

'그래도 슬라이더는 가끔 던져오지. 하지만 어느 정도 패스트볼과 비슷한 코스로 들어오다가 꺾이니 그 전에 쳐 버리면

그만이겠고.'

가장 골치 아픈 건 투심 패스트볼이었다.

오늘 이상진이 던진 공 중에 가장 땅볼 유도가 잘되는 구종이기도 했다.

미국에서 겪어 봤던 투심 패스트볼과 비교한다면 곤란한 의미로 애매했다.

'얼마나 꺾일지 감이 안 잡힌다.'

투심이 아직 익숙하지 않은 건지, 아니면 의도한 건진 몰라도 투심 패스트볼은 던질 때마다 꺾이는 각도가 제각각이었다.

그래서 이쯤 꺾일 거라 예상하고 배트를 휘둘러도 정타로 맞는 일이 별로 없었다.

아까만 해도 두 타석에서 전부 투심에 당했었다.

'그래도 투심을 중점으로 던지겠지?'

올해 던지는 변화구의 구종별 분포도는 전부 비슷했다.

하지만 얼마 전 수원 매지션즈의 전력 분석 팀에서 하나 잡아낸 게 있었다.

바로 결정구는 투심이 절반이나 차지하고 있다는 것.

'이번 시즌에 처음 투입한 구종이고 해도 결정적일 때 사용을 많이 했지. 그만큼 자신이 있다는 뜻이겠고.'

40이닝이나 던졌고 공도 몇 백 개나 던졌다.

분석한 자료는 충분했고, 지금 이곳에서 시험해 볼 차례였다.

"스트라이크!"

"어?"

처음에는 투심이 날아오지 않을 거라고 생각했다.

그리고 상진이 던진 공의 궤적이 몸 바깥쪽으로 나가기에 커브라고 생각해서 휘둘렀다.

그런데 투심이 날아왔다.

예상이 빗나가자 로저스는 바로 흔들리기 시작했다.

'다, 다음은?'

다음은 높게 날아오는 패스트볼이었다.

"볼!"

일단 볼로 선언이 되긴 했어도 가슴을 쓸어내릴 정도로 아슬아슬하게 걸치는 공이었다.

로저스는 이를 꽉 깨물며 배트를 움켜쥐었다.

적어도 얕볼 만한 투수는 아니었다.

타자와의 수 싸움에서 항상 우위를 점하려고 노력하는 투수였다.

머리를 굴리면 굴릴수록 오히려 당한다.

그리고 로저스는 이상진의 공에 대한 생각을 머릿속에서 모조리 지워 버렸다.

따악!

"아깝다!"

힘차게 뻗어 나간 공은 3루 쪽 관중석으로 날아갔다.

폴대에서 그다지 멀지 않은 곳이어서 바람이 조금만 도와줬다면 충분히 홈런이 될 수 있는 공이었다.

그러나 약간의 희망이 생겼다.

'칠 수 있다!'

수 싸움을 하고 다음 구종이 무엇인지 읽어내는 것보다 감각적으로 날아오는 공에 대처하는 방법을 택했다.

그러자 7회 들어서 처음으로 공에 배트가 맞아 들어갔다.

물론 구종을 예측하고 선택지를 줄여 적극적으로 대응하는 게 아니라, 그때그때 다르게 반응해야 하는 임기응변이었다.

하지만 이것만큼 유효한 방법 또한 없었다.

"볼!"

그걸 증명이라도 하듯 벌써 5구째 공이 날아왔다.

아까까지만 해도 이상진은 타자 하나에 3구 이상을 소비하지 않았다.

그런데 지금은 자신에게 5개나 공을 던지지 않았는가.

"스트라이크! 타자 아웃!"

파울 홈런 다음에는 삼진이라고 했다.

야구 격언대로 삼진을 당하고 내려왔지만, 로저스는 웃고 있었다.

이상진을 상대하는 유효한 방법을 알아냈다는 그의 미소는 다음이 몇 회인지를 깨닫고는 잔뜩 굳어졌다.

"다음이 8회?"

그제야 로저스는 이상진이 착실하게 아웃카운트를 잡는다면 오늘 경기에서 그를 만날 일이 없단 사실을 깨달았다.

"이런 빌어먹을!"

*　　*　　*

[경고: 투구 수가 80을 돌파하여 체력이 10 하락합니다.]

7회에서 투구 수가 늘어난 만큼 단숨에 체력이 급락했다.

그래도 아직은 버틸 만했다.

수치상으로 체력이 떨어졌다고 해도 아직 투지는 살아 있다.

힘이 나지 않는다면 죽을힘을 다해서 짜내면 그만이다.

이제 끝이 머지않았다.

"상진아! 힘내라!"

멀리서 들려오는 아버지의 목소리에 그만 웃음이 나오고 말았다.

올 시즌 들어와서도 몇 번이나 경기를 보러 오셨지만, 오늘만큼 목소리가 잘 들린 적은 없었다.

'이번만큼은 모든 걸 털어 내야겠지.'

[사용자: 이상진]

—체력: 79(—30) / 100

—제구력: 87(—10)/ 100

—최고 구속: 시속 152킬로미터(—10)

—평균 회전수: 2,318(—80)RPM

—보유 구종: 포심 패스트볼(A), 커브(A), 슬라이더(A), 체인지업(B), 투심 패스트볼(B)

—보유 스킬: 먹어서 남 주냐, 먹을 때는 개도 안 건드린다,

일찍 일어나는 새가 먹이도 많이 잡는다
—남은 코인: 23

그리고 타자 한 명을 잡아내는 순간 시스템의 알람이 눈앞에 떠올랐다.
[199 포인트를 달성하여 코인이 1개 지급됩니다.]
[100번째 상한선을 달성하여 다음 상한선이 상향 조정 됩니다.]
[17 / 400]
마운드에 올라와 투구를 준비하다가 소리를 지를 뻔했다.
상한선이 대폭 늘어났다.
'이런 미쳤나? 상한선이 두 배나 오른다고?'
물론 이런 무제한적인 성장이 언제까지 통용될 리 없다고 생각은 했었다.
하지만 타이밍이 너무 공교로웠다.
갑작스러운 시스템의 통보에 흐트러진 평정심이 그대로 다음 투구에서 드러났다.

—안타! 박영수 선수가 이상진 선수에게서 안타를 뺏어 냅니다!

구속과 구위가 떨어진 상태에서 집중력을 잃어버리자 바로 안타를 얻어맞고 말았다.
2루까지 뛰어간 주자를 멍하니 바라보던 상진의 눈에서 순간 불꽃이 튀었다.

부모님한테 좋은 모습을 보이려고 단단히 각오하고 나왔는데 단순한 시스템 메시지 하나에 흔들렸단 사실을 인정할 수 없었다.

무엇보다 안타를 맞는 게 너무 기분 나빴다.

'그렇다면 해야 할 일은 단 하나.'

[체력이 1 올랐습니다.]

[회전수가 12 올랐습니다.]

[체력이 1 올랐습니다.]

[회전수가 10 올랐습니다.]

[구속이 1 올랐습니다.]

[제구가 1 올랐습니다.]

[회전수가 9 올랐습니다.]

바로 코인들을 털어 넣기 시작했다.

어차피 남은 체력으로는 9회까지 온전히 버티기에는 무리다.

그렇다면 혹시라도 나올지 모르는 스킬에 한번 기대 보기로 했다.

23개나 있던 코인들이 순식간에 줄어들었다.

하지만 20개나 썼음에도 나오라는 스킬은 코빼기도 비치지 않았다.

'남은 코인은 3개.'

이 3개에서 과연 스킬이 나올 것인가, 나오지 않을 것인가.

왠지 희망의 끝을 볼지도 모른단 생각에 불안하기도 했고 마저 털어내고 싶기도 했다.

결국 결심을 굳힌 상진은 남은 코인을 사용했다.

[체력이 1 올랐습니다.]

스테이터스 자체는 웬만한 국내 정상급 투수라고 생각할 만큼 올라왔다.

그렇다면 이제는 과연?

두근거리는 가슴을 안고 상진은 마지막 남은 두 개의 코인 중 하나를 사용했다.

그리고 다른 메시지와 다르게 찬란하게 빛나는 듯한 메시지가 떠올랐다.

[둘이 먹다가 하나 죽어도 모른다]

효과를 확인한 순간 상진의 입꼬리가 슬쩍 올라갔다.

하늘은 스스로 돕는 자를 돕는다고 했던가.

이 상황에 딱 어울리는 스킬이었다.

9회 선두 타자로 올라온 타자는 수원 매지션즈에서도, 아니, 한국 프로 야구에서도 손꼽히는 베테랑 중 하나인 마한성이었다.

현재 자신에게 가장 무서운 건 힘을 믿고 치는 타자도, 콘택트이 좋은 타자도, 눈이 좋은 타자도 아니었다.

저렇게 경험으로 치는 타자였다.

"스트라이크!"

느닷없는 선언에 한성은 두 눈을 끔벅거리다가 전광판을 바라봤다.

푸른색 불빛이 하나 들어오는 광경을 보며 이를 악물었다.

공을 언제 던진 건지 알 수는 없었다.

하지만 지금 울컥하는 건 상대에 대한 감정이 아니라 자기 자신에 대한 분노였다.

'타석에 들어와서 넋을 놓고 있다니.'

타석에 들어와서는 상대 팀 투수에게 집중해야 하는 게 기본이다. 그런데 집중하지 못하고 카운트 싸움에서 먼저 얻어맞고 말았다.

타자로서 실격이라고 생각하며 한성은 다시 상진을 바라봤다.

"스트라이크!"

"뭐?"

구속과 구위가 충분히 떨어졌다는 판단하에 배트를 휘둘렀다.

하지만 공은 한성의 배트를 피해 포수의 미트 안으로 들어갔다.

순간 깜짝 놀라며 다시 전광판을 돌아봤다.

8회에 타자를 상대하면서 표시됐던 포심 패스트볼의 구속은 분명 130킬로미터 중후반대였다.

그런데 지금 표시된 구속은 전혀 달랐다.

[148km/h]

갑자기 구속이 확 회복됐다.

그렇다고 공이 밋밋한 것도 아니었다.

빨라지기는 했어도 마한성은 그걸 포착하고 타이밍에 맞춰 커트라도 해 보려고 애썼다.

하지만 헛스윙이었다.

'대체 어떻게 된 거지?'

이상진의 문제는 체력이었다..

그 약점 때문에 투구 수를 절약하려고 애쓰는 것도 알고 있었다.

하지만 8회가 되며 체력이 급격히 떨어지며 생긴 문제가 9회가 됐다고 해결될 리가 없었다.

"볼!"

이번에는 아슬아슬한 공을 참아서 볼로 판정받았다.

등 뒤로 흐르는 식은땀을 느끼면서 더욱 신경을 곤두세웠다.

'구속하고 구위가 떨어지는 거 같더니 순식간에 회복했다. 대체 뭐지?'

그때 왠지 모르게 느릿느릿한 공이 날아왔다.

약간 높게 날아오는 공에 한성은 당황하며 순간 반사적으로 배트를 휘둘렀다.

"파울!"

한성은 안도의 한숨을 쉬면서 다음 타격을 준비했다.

그리고 상진은 속으로 투덜거렸다.

"역시 만만찮은데?"

전의 두 타석 때도 마찬가지였지만 마한성은 역시 만만찮았다.

오늘 삼진을 한 번이라도 당하지 않은 건 눈앞의 선수가 유일했다.

1루 관중석으로 들어가는 공을 보면서 상진은 가볍게 휘파람을 불었다.

"이걸 어떻게 해야 하나."

체력이 소모된 페널티를 없애고 쌩쌩한 상태의 공을 던졌음에도 그걸 커트해 냈다.

상진은 혀를 내두르면서 다음 공을 준비했다.

"볼!"

"파울!"

투 스트라이크 투 볼인 상황에서 스트라이크존 바깥쪽에 걸치는 공을 받아쳤다.

아슬아슬하긴 했어도 3루 라인선상을 벗어나는 파울이었다.

당겨치기도 하고 밀어치기도 하는 경험 많은 타자를 보면서 상진은 어깨를 으쓱거렸다.

투 스트라이크 투 볼.

마지막 공 하나는 선택의 여지 따윈 없었다.

[먹을 때는 개도 안 건드린다.]

상진은 가볍게 숨을 내쉬며 스킬을 발동하고 공을 움켜쥐었다.

구종은 다른 걸 선택했다.

이번 시즌 들어와서 결정구로 자주 사용하는 투심 패스트볼이 아닌, 오늘 거의 사용하지 않았던 체인지업이었다.

그리고 마운드와 포수 사이의 거리를 날아간 공은 걷어 내려고 휘두른 한성의 배트를 유유히 피해 내며 미트 안으로 파고들었다.

"스트라이크! 타자 아웃!"

—아! 마한성 선수가 삼진으로 물러납니다!

—이상진 선수가 저런 공을 던지는 건 참 오랜만에 보네요. 작년에도 간간이 저런 공을 던지지 않았나요?

—팬들 사이에서는 저런 공을 아리링볼이라고 부르죠. 이상진 선수가 체인지업으로 삼진을 잡아냅니다.

—그런데 조금 전에 시속 150킬로미터에 가깝게 던지지 않았나요? 이상진 선수의 완급 조절에는 정말 혀를 내두를 수밖에 없네요.

—이제 두 타자만 더 잡으면 이상진 선수가 프로 데뷔 이후 처음으로 완봉승을 달성하게 됩니다.

한성은 어처구니없다는 표정을 지으며 전광판을 바라봤다.

푸른색 불 두 개가 사라지고 빨간색 불 하나가 추가되는 광경이 눈에 들어왔다.

"아니, 잠깐만요? 벌써 아웃이라고요?"

"그래. 삼진이야. 내려가."

뭔가에 홀린 듯한 기분이었다.

타석에서 내려온 한성은 자신의 다음 타석인 영준과 교대하듯 지나치며 넌지시 물었다.

"영준아, 너도 봤지? 갑자기 구속 올라간 거?"

"엄청나던데요? 뭔가 이상한 점은 더 없었어요? 저렇게 완급조절을 하면 답이 없는데."

"나도 모르겠다."

무한성은 고개를 갸웃거리며 어처구니없다는 표정을 지었다.

의문점이 있으면 직접 부딪치면서 알아보는 게 그만의 스타일이었다.

하지만 오늘 겪어 본 이상진은 까도 까도 계속 나오는 양파와 같은 존재였다.

마치 러시아 인형 마트료시카라도 보는 기분에 어처구니없음을 뛰어넘어 신선하기까지 했다.

'자, 그러면 이번에는 어떤 모습을 보여 줄 거지?'

오늘이 아니라 다음 경기를 위해서라도 연구할 가치가 있는 상대였다.

더그아웃에 돌아와서도 한성은 눈을 빛내며 마운드 위의 사냥꾼을 노려봤다.

*　　　　*　　　　*

여전히 보기 민망한 설명이었다.

[둘이 먹다가 하나 죽어도 모른다]

—계속해서 먹어 대던 당신! 이제 식사거리도 얼마 남지 않았습니다! 배는 불러 오고 먹는 데 지쳐 가는 당신께 마지막까지 먹을 수 있도록 활력을 불어넣어 드립니다!

그래도 효과는 확실했다.

이 스킬을 발동한 이닝에는 여태까지 소모한 체력으로 인한 페널티를 무시할 수 있게 된다.

단 1이닝에 한해서만 가능한 일이기에 상진은 고민했었다.

하지만 지금은 9회다.

'9회밖에 남지 않았는데, 선택을 망설일 이유가 없지.'

방금 전 방심했다가 8번 타자인 이영준에게서 안타를 하나 빼앗겼다.

마한성을 잡아냈다고 좋아하다가 실투가 나온 걸 놓치지 않았다.

다시 마음을 다잡으면서 글러브 안의 공을 만지작거렸다.

'이제 아웃 두 개만 더 잡으면 된다.'

그렇게 되면 부모님께 완봉승을 선물로 드릴 수 있게 된다.

조금 이른 어버이날 선물이긴 해도 아마 기뻐하며 받아 주실 거다.

득점권인 2루에 나가 있는 영준을 흘끔 돌아보며 상진은 전광판을 바라봤다.

9회, 그리고 1아웃.

다음 타자는 9번 타자 강윤국이었다.

—이상진 선수가 던진 초구를 강윤국 선수가 받아 칩니다!

—유격수 오선준 선수가 정면으로 오는 라인 드라이브성 타구를 잡아 냅니다!

—태그 아웃! 그리고 1루로 송구! 타자도 아웃됩니다!

—이상진 선수가 데뷔 이후 첫 완봉승을 기록합니다!

9이닝 무실점 8탈삼진 1볼넷 4피안타 완봉승.

어린이날을 맞이해서 부모님과 경기장을 찾아 준 어린이들에게 준 상진의 뜨거운 선물이었다.

*　　　　　*　　　　　*

수훈 선수 인터뷰를 마치고 내려온 상진은 실실거리고 있었다.

오늘의 목표는 9이닝을 완벽하게 틀어막는 것.

그걸 못하면 완투로라도 9회를 전부 던지고 내려올 생각이었고 그걸 완벽하게 틀어막았다.

목표를 완수했으니 매우 만족스러웠다.

하지만 투구 수를 잘 조절했어도 체력이 뒷받침되지 않은 건 과제였다.

그나마 마지막에 얻은 스킬이 아니었다면 9회를 버티지 못했을 것이다.

그래도 부모님 앞에서 완봉승을 거둔 오늘은 무척이나 즐겁고 행복한 시간이었다.

"왜 그렇게 툴툴거리냐? 그런 얼굴로 수훈 선수 인터뷰도 한 거야?"

"못 할 이유는 없잖아요?"

"하여튼 너도 참 고집불통이다. 몇 년을 불펜으로 뛰다가 선발로 전환해서 이 정도 버텨 주면 잘하는 게 아니라, 영웅 취급을 받아도 모자를 텐데."

호크스 팬들이 말하듯 상진은 구원자였다.

외국인 선발 둘도 어느 정도 성적을 거두는 선에서 그친 지금 이상진은 선발진의 희망이었다.

게다가 0점대 방어율을 찍으며 최소 7회까지 경기를 책임져 주는 선발이다.

말하진 않았어도 감독인 한현덕의 큰 짐을 덜어 줬다.

"그저 국내 정상급 투수로만 남고 싶지는 않거든요."

"그러면?"

"압도하는 투수가 돼야죠."

목표는 정해 놨다.

그리고 그 길을 걸어간 선구자 역시 알고 있었다.

같은 팀의 선배였던 유형진.

한국 야구계를 압도하고 미국으로 진출한 팀 선배 이상의 성적은 거두고 싶었다.

“하여튼 욕심만 더럽게 많아요.”

“원래 사람은 욕심이 많아야 성장하는 법이에요.”

상진은 이를 갈면서 공을 움켜쥐었다.

지금 지상 최대의 과제는 바로 체력이다.

그때 문득 남아 있던 코인 하나가 생각났다.

[체력이 1 올랐습니다.]

다행스럽게도 체력이 올랐다.

이제 체력도 웬만해서 상당한 수준까지 올라와서 만족스럽긴 했다.

하지만 다음에 떠오른 시스템 메시지에 상진은 자신도 모르게 고함을 질렀다.

[100번째 능력치를 획득하였습니다.]

[알림: 이제부터 1의 능력치를 얻기 위해서는 코인을 2개 사용해야 합니다.]

“이런 미친!”

* * *

“대책이 필요합니다.”

이상진에게 호되게 얻어맞은 팀은 한두 곳이 아니었다.

처음 당했던 강남 그리즐리부터 시작해서 바로 엊그제는 수원 매지션즈까지 당했다.

50이닝 가까이 던지면서 내준 점수는 홈런 한 방으로 뺏은 1점뿐이었다.

이제 남은 곳은 강동 챔피언스뿐이었다.

5월 5일 어린이날 이후에 두 번의 등판이 일정대로 이어진다면 5월 20일에 만나게 된다.

"생각해 둔 방법이 있습니까?"

"일단 몇 가지 패턴은 정리해 뒀습니다."

전력 분석 팀에서 여태까지 있었던 상진의 투구 패턴과 투구 시 버릇 등을 조사해 놓은 자료가 있었다.

2019년, 그것도 이제 시즌이 시작된 지 두 달 남짓 됐음에도 엄청나게 쌓여 있는 자료에 다들 혀를 내둘렀다.

"우선 매우 공격적인 투구를 해 옵니다. 초구는 거의 스트라이크로 들어온다고 해도 과언이 아닐 정도죠. 무려 89퍼센트나 초구 스트라이크 비율을 보여 왔습니다."

"그걸 공략하면 되지 않습니까?"

"다른 구단들도 전부 시도해 봤습니다만 초구를 통타한 건 정말 극히 일부였습니다. 왜냐하면 어디로 던질지 알 수 없어서죠."

이어서 화면에는 이상진이 여태까지 던졌던 초구가 어디로 들어왔는지를 표시하고 있었다.

그걸 본 순간 주장인 김성수부터 메이저리그에서 돌아온 박경호까지 전부 탄식했다.

투구 영상은 많이 봐 왔지만 이럴 줄은 미처 몰랐다.

"꼼꼼하다고 할 정도로 엄청나군요."

"예. 존 안에 형성되기는 해도 전부 스트라이크존의 경계에 걸쳐서 들어옵니다. 게다가 높은 공과 낮은 공, 몸 쪽 공과 바깥쪽 공이 전부 잘 어우러져서 들어옵니다."

마치 스트라이크존을 보고 그리기라도 하듯 네모나게 만들어져 있는 투구들을 보면서 경호는 고개를 절레절레 흔들었다.

좌타 우타 가릴 것 없이 그런 식으로 형성됐다는 건 어떻게 들어올지 예측할 수 없단 뜻이었다.

"그렇다면 투구 패턴은 어떻게 됩니까?"

"그것도 애매합니다. 일단 같은 구종을 연속해서 던지는 경우도 있었고, 그렇지 않은 경우도 있어서 다음 공을 예측하기 정말 힘듭니다. 더욱 힘든 건 구종의 구사율 때문이기도 합니다."

"구사율?"

"모든 구종을 전부 비슷하게 사용합니다."

이어서 화면에 뜬 변화구 구사율을 본 순간 코치들과 선수들 모두 순수한 마음으로 감탄했다.

어느 구종 하나도 특출 나게 두드러짐 없이 모든 공을 고루고루 뿌리고 있었다.

"그런데 이건 작년에도 마찬가지였습니다."

작년 데이터가 화면에 떠올랐다.

작년에는 패스트볼을 제외한 다른 구종들의 비율이 엇비슷했다.

그걸 보면서 다들 고개를 끄덕였다.

어째서 이상진이 여태까지 한국 프로 야구에서 살아남을 수 있었는가가 증명되는 순간이기도 했다.

"그런데 작년까지 성적은 왜 그랬답니까?"

"전부 구속과 구위가 느려서 그렇죠. 지금은 만전의 상태에서 던지면 150킬로미터 근처까지 구속이 나옵니다. 하지만 작년에는 아무리 빨라도 130킬로미터 후반대에 불과했죠. 혹사의 여파입니다."

그 말에 그곳에 모여 있던 전원이 고개를 끄덕였다.

마운드에서 100구 가까이 던지다가 고관절과 어깨, 팔이 전부 금이 가고 근육이 찢어지는 혹사의 결과물이 바로 과거의 이상진이었다.

한국 프로 야구 사상 최악의 사고라고 해도 과언이 아니었다.

"혹사의 여파에서 부활한 불사조라."

"안 그래도 언론에서 그렇게 떠들고 있는 참입니다."

장종석 감독이 옆에 있던 신문을 툭 던졌다.

스포츠 신문 1면에 커다랗게 사진이 박혀 있는 이상진의 모습과 그 위에 있는 문구가 한눈에 확 들어왔다.

「혹사로 인한 부상과 수술, 그리고 재활. 불운의 시간을 딛고 부활한 불사조」
「전성기, 그 이상의 모습으로 돌아온 이상진의 부활」

"이야기를 길게 끌고 갈 이유는 없겠죠. 전력 분석 팀에서 내린 결론은 뭡니까?"
전력 분석 팀장 이강환은 헛기침을 하며 감독과 눈을 마주쳤다.
안 그래도 그걸 말하려던 참이었다.
"이상진에게는 두 가지 약점이 있습니다. 일단 결정구입니다."
"결정구?"
"예. 이상진의 투구 패턴을 보면 모든 구종을 두루두루 사용한다는 걸 아셨을 겁니다. 그런데 올해부터 사용하기 시작한 구종 하나가 있습니다."
"투심 패스트볼 말입니까?"
"마지막에 아웃 카운트를 잡으러 들어오는 투심 패스트볼의 구사 비율이 40퍼센트에 가깝습니다. 그것을 노리면 될 것 같습니다."
난감한 문제였다.
아무리 투 스트라이크를 잡아 놓은 투수라고 해도 세 번째 공이 유인구가 아니란 법이 없다.
결국 아웃 카운트를 언제 잡으러 들어오느냐.

타자와 투수 사이에 벌어지는 눈치싸움에서 이겨 내야 투심을 제대로 노릴 수 있단 뜻이었다.

"그래서 다른 하나는 뭡니까?"

난 지옥에서 올라왔다
VICTORY

5월에는 온갖 행사가 줄지어 있다.

어린이날, 어버이날, 스승의 날 등등.

구단은 봄에 구장으로 관중들을 유치하기 위해 온갖 행사를 주최한다.

그리고 인산인해를 이룬 사람들 앞에서 상진은 쓴웃음을 지었다.

"자자! 줄을 서세요! 거기 끼어들지 마시고!"

"거, 말 겁나 안 들으시네! 새치기하지 말라고요!"

"이봐! 당신만 이상진 사인 받고 싶은 줄 알아!"

전통적인 프랜차이즈인 김대균이나 수위급 베테랑이자 한국 야구의 전설로 남아도 될 만한 정건후, 정우한에게 사인받으려는 사람도 많았다.

하지만 그중 단연 돋보이는 사람은 바로 자신이었다.

팬 사인회를 한다고 해서 나왔는데 작년하고는 전혀 다른 광경이었다.

"이상진 선수! 이쪽 한 번만 봐 주세요!"

살짝 고개를 돌리자 찰칵 하고 셔터가 울리는 소리가 들렸다.

작년만 해도 다른 선수들 사인을 받다가, 마지막에 쭈뼛거리면서 다가왔던 팬들이었다.

그런데 올해는 처음부터 자신의 앞에서 기다리고 사진까지 찍고 있었다.

어린이날에 치른 수원 매지션즈전에 이어서 어제도 경기를 치르고 나와 피곤하긴 했다.

그래도 팬들을 외면할 수는 없었다.

"너 겁나 출세했다?"

"그건 인정해야죠. 올해 저만 한 투수가 어디 있어요? 형도 저만 한 성적 거두면 이런 인기는 아무것도 아닐 거예요."

"말이나 못하면 밉지나 않지. 두고 봐라, 언제고 방어율이 확 치솟을 거다."

"악담을 해도 그런 걸 합니까. 아무튼 사인이나 하시죠."

옆에서 악담을 던지는 인재와 투닥거리던 상진은 구단 직원의 신호에 바로 자세를 가다듬었다.

그리고 엄청난 수의 팬들이 일제히 앞으로 뛰쳐나왔다.

"자자! 그렇게 급하게 안 구셔도 전부 사인해 드립니다!"

몰려드는 팬들에게 차례차례 사인을 해 주면서 상진은 싱긋 웃었다.

진심으로 즐거웠다.

본래의 실력으로 돌아온 지금 잃어버렸던 팬들의 관심과 애정까지도 되찾았다.

"악수 한 번만 해도 될까요?"

20대 초중반 정도로 보이는 남자가 다가와서 유니폼에 사인을 받으며 하는 말에 상진은 기꺼이 손을 내밀어서 잡았다.

그러자 조금 전에 사인을 받고 돌아섰던 사람들이 뒤늦게나마 악수를 해 보려고 해서 아수라장이 됐다.

하지만 요란스러운 행사장과 별도로 이상진의 머릿속은 다음 등판에 맞춰져 있었다.

'스태미너를 어떻게든 쥐고 흔들려고 별수를 다 쓰겠지.'

아마 지난번처럼 좋아하는 코스로 던져서 유도하는 방법을 써볼 생각이었다.

하지만 배트에 일부러 맞아 준다고 해도, 지난번 최자석 때처럼 홈런으로 이어지지 않으리란 법은 없었다.

'강동 챔피언스는 어떻게 보면 인천 드래곤즈와 비슷하다.'

챔피언스도 강력한 타선을 갖추고 투수력도 평균 이상은 되는 강팀이다.

어떻게 보면 드래곤즈의 하위 호환이라고 할 수 있겠지만 문제는 단 한 사람이었다.

'박경호. 메이저리그에서 2년간 버티다가 돌아왔지.'

중간에 마이너리그로 강등되는 치욕을 겪기는 했어도, 미국은 경쟁력이 없으면 언제라도 추락할 수 있는 곳이다.

그런 곳에서 2년이나 경쟁하다가 돌아온 것만으로도 충분한 경험이 됐을 터.

무엇보다 역대 타자들 중에서도 손꼽히는 장타력을 갖췄다.

3년 연속 홈런왕은 아무나 차지하는 게 아니다.

'몸 쪽 깊숙하게 들어오는 공이라고 해도 홈런으로 만들어 낼 능력이 충분한 타자지.'

박경도도 골치 아프지만, 무엇보다 다른 타자들도 만만치 않다.

어떻게 보면 드래곤즈보다 콘택트과 선구안이 더 좋은 편이라 더욱 까다로웠다. 무엇보다 올해 3년 차가 되는 전설의 아들인 이정우도 신경 쓰였다.

시즌이 시작된 지 한 달밖에 되지 않았어도 4할 타율을 유지하고 있는 것 자체가 재능을 충분히 증명해 주고 있었다.

'방법이 아예 없는 건 아닌데.'

몇 명째 사인을 해 주는 건지 기억도 나지 않을 정도의 사람들에게 웃어 주고 사인을 해 주었다.

그러면서도 상진은 다음 경기에 대해 생각하고 있었다.

*　　　*　　　*

5월도 중순을 넘어가자 이제 슬슬 무더위가 찾아오기 시작했고 햇살은 따뜻함을 넘어서서 따가워지기 시작했다.

해가 뉘엿뉘엿 넘어가기 시작할 무렵 경기가 시작됐다.

“썩 기분이 좋지만은 않지?”

“원래 그렇지 않겠어요?”

송신우 코치의 말에 어깨를 으쓱거리고는 쥐고 있던 공을 던졌다가 받기를 반복했다.

남들이 보기에는 딴 짓을 하면서 생각에 잠겨 있는 듯한 모습이겠지만, 실제로는 시스템을 물끄러미 바라보고 있었다.

[사용자: 이상진]

—체력: 93 / 100

—제구력: 94 / 100

—최고 구속: 시속 154킬로미터

—평균 회전수: 2,387RPM

—보유 구종: 포심 패스트볼(A), 커브(A), 슬라이더(A), 체인지업(A), 투심 패스트볼(B)

—보유 스킬: 먹어서 남 주냐, 먹을 때는 개도 안 건드린다, 일찍 일어나는 새가 먹이도 많이 잡는다, 둘이 먹다가 하나 죽어도 모른다

—남은 코인: 0

솔직히 말해서 한국인 투수로서 쌓을 수 있는 정점이 아닌

가 싫었다.

체력과 제구력도 상한선에 거의 도달해 있었고, 최고 구속도 154킬로미터면 상당한 수준이었다.

그럼에도 상진은 불만족스러웠다.

'메이저리그에서는 150대 중반을 던지는 투수들은 즐비하다. 그리고 그걸 맞받아치는 타자들도 흔하지. 내가 넘어간다고 해도 그들과 비교해서 우위에 있다고 할 수 없어.'

힘으로 윽박지르는 투구를 한다고 치면 얼마든지 할 수 있었다.

실제로도 국내 선수들을 찍어 눌렀으니까.

하지만 김연수나 최자석, 그리고 이대룡 같은 정상급 타자들은 어느 정도 대등한 싸움을 벌였다.

아무리 한국 야구사에 기록과 실력으로 이름을 남길 만한 선수들이라고 해도, 자신은 그보다 위에 설 수 있어야 했다.

'후우, 잡념이야, 잡념.'

어차피 메이저리그를 간다고 해도 당장 갈 수 없는 일이었다.

지금은 차근차근 하나씩 쌓아 가는 일이 급선무였다.

괜히 조급해하고 초조해한다면 지난번처럼 집중력이 흔들릴 수 있었다.

"상진아, 나가자."

"드디어 주인공이 등장할 시간인가요?"

"주인공인지 악당인진 몰라도, 아마 나가면 알 수 있을 거다."

송신우 코치의 농담에 어깨를 으쓱거려 주고 천천히 그라운드로 나갔다.

먼저 나가서 자리를 잡고 수비 연습을 하고 있던 동료들을 둘러보다가 문득 관중석을 바라봤다.

"이상진! 이상진!"

"와아아아! 이상진이다!"

원정 경기임에도 상당한 수의 팬들이 원정 응원을 와 주었다.

그걸 둘러보면서 상진은 씩 웃었다.

"뭐야, 주인공 맞네."

*　　　*　　　*

수원 매지션즈나 창원 다이노스보다는 역사가 길긴 해도 강동 챔피언스 역시 2000년 이후 들어서 창단된 팀이었다.

역사가 짧은 만큼 서울이 연고지임에도 브라더스나 그리즐리와 비교해 팬층이 압도적으로 적었다.

하지만 설마하니 원정팀의 팬들에게 경기장을 절반 이상이나 빼앗길 줄은 몰랐다.

"매진이 됐다는 것에 좋아해야 하나, 아니면 상대 팀 팬이 더 많은 거에 절망해야 하나."

장종석 감독은 허허거리며 어처구니없다는 듯 웃었다.

홈경기임에도 마치 원정 경기 같은 기분이었다.

전광판에 새겨진 팀명의 위치와 1회 말에 공격을 하러 나가는 타자들이 아니었다면 100퍼센트 착각했을지도 모른다.

"분석 자료는 전부 넘겨줬지?"

"물론입니다. 어제 경기 끝나자마자 넘겨줬고, 오늘도 외우고 있는지 확인했습니다."

"진인사 대천명이라고. 우리는 할 일을 다 했으니 하늘의 뜻만 기다리면 된다는 건가."

그리고 첫 번째 타자부터 시작된 챔피언스의 공격은 이상진을 완전히 꿰뚫어 보기라도 한 듯이 진행이 됐다.

—안타! 이상진 선수가 또 안타를 허용합니다!

—지난번의 압도적인 모습과는 괴리감이 있는 모습이네요.

—원아웃에 주자는 1, 3루! 득점권에 주자가 나갑니다! 이상진 선수의 실점 위기!

상진은 신경질적으로 마운드의 흙을 툭툭 차면서 얼굴을 찌푸렸다.

처음 안타를 맞았을 때 뭔가 이상하단 점을 느끼긴 했다.

그리고 두 번째 주자를 내보낼 때 확실하게 깨달았다.

'투심이 공략됐다.'

정확히는 투심을 던지는 타이밍이 공략당했다.

올해 처음 사용했을 때부터 결정구로 사용했었다.

그래서 그런지 주로 아웃 카운트를 잡으러 들어가는 결정구로 투심을 주로 썼다.

그런데 그게 간파당한 모양이었다.

'게다가 산 너머 산이군.'

지난번부터 가장 고비라고 여겼던 타자가 타석에 들어서고 있었다.

신체가 커다란 편은 아니다.

타이탄즈의 이대룡이나 같은 팀의 김대균과 비교한다면 박경호는 오히려 작은 편이었다.

하지만 보다 날렵하고, 보다 탄탄한 몸에서 뿜어져 나오는 기세는 굳이 시스템 메시지를 확인하지 않아도 어떤 타자인지 알 수 있었다.

[상대방의 포식 포인트가 표시됩니다.]

[타자의 포인트는 144입니다.]

여태까지 봤던 타자들 중에 가장 높은 수치였다.

박경호에 대한 데이터는 영상을 통해 분석하며 머리와 몸에 새겨 놓았다.

박경호가 좋아하는 공은 패스트볼이었다.

지금도 피부로 짜릿하게 느껴지는 게 포심 패스트볼의 그립을 쥘 때마다 온몸에 소름이 돋고 있었다.

온몸에서 포심은 절대 안 된다며 경고를 보내고 있었다.

'포심이든, 투심이든 패스트볼 계열을 던지면 바로 칠 태세다.'

선구안이 나쁜 편도 아니고 그렇다고 콘택트이 나쁜 편도 아니다.

오히려 한국에 있는 타자들 가운데 가장 강력한 타자라고 해도 과언이 아니다.

50홈런을 넘겨 댔던 거포치고 볼과 삼진의 비율도 준수한 편이었고, 배팅할 때의 자세 역시 나무랄 데 없는 수준이었다.

'이러니까 인터넷에서 떠드는 건 전혀 아니라고.'

박경호가 구장의 도움을 받느니 어쩌니 해도 한국을 대표하는 거포라는 사실은 변함이 없다.

그리고 그건 바로 앞에 있는 자신이 누구보다 잘 알고 있었다.

재환도 심상찮은 걸 감지했는데, 심판에게 타임을 요청하고 마운드로 올라왔다.

"왜요?"

"인마, '왜요'라는 소리가 나와? 투심 공략당한 건 알고 있지?"

"이놈들이 결정구로 투심 쓰는 걸 타이밍 맞춰서 휘두른다는 건 이미 알고 있죠."

"그래서 대책은?"

상대방이 이쪽의 데이터를 알고 있다면 이쪽 역시 상대방의 데이터를 질릴 정도로 머릿속에 넣어 두고 있었다.

대책 같은 건 금방 내놓을 수 있다.

패턴을 알고 대응해 왔다면 이쪽도 맞춰서 바꾸면 그만이다.

"박경호가 미국에서 겪은 약점이 뭔지는 잘 아시잖아요?"

"알면 됐다. 그러면 지난번에 얘기했던 대로 가는 거지?"

"뭐, 슬라이더 그립에서 조금만 바꿔서 던지는 건데요. 연습을 아예 안 한 것도 아니고."

다만 자신의 손힘이 생각보다 강한 편이 아니라는 게 아쉬웠다.

조금만 더 강했다면 메이저리그의 선수들처럼 강력한 공을 던질 수 있지 않을까 싶기도 했다.

물론 그건 나중에 극복해야 할 목표이자 벽이다.

지금은 박경호를 무너뜨리는 데 신경 쓸 시간이었다.

* * *

"스트라이크!"

경호는 마운드에서 투수와 포수가 수군거릴 때부터 머릿속에서 대응을 생각하고 있었다.

둘이 이야기를 나눈다는 건 이쪽에서 어떤 대응을 준비했는지 파악하고 대책을 준비한다는 뜻일 터.

그렇다면 이번 승부가 분수령이 된다.

이번 시즌에 들어와 예전과 달라진 이상진의 모습을 영상으로 유심히 관찰했다.

그리고 고심 끝에 국내 정상급 투수들과 비교해도 손색이 없다는 결론을 내렸다.

광주 내셔널스의 양현정이나 인천 드래곤즈의 김강현과 비교해도 전혀 손색이 없었다.

'하지만 나도 메이저리그에 도전할 정도의 타자다. 네가 어떤 공을 던지더라도 쳐 주마.'

자기 실력에 대한 절대적인 자부심과 자신감을 갖고 있었다.

이상진이 아무리 실력이 올라왔다고 해도 쉽게 무너질 생각도 없었다.

"파울!"

그래서 배트가 공에 빗맞았을 때 눈을 부릅뜰 수밖에 없었다.

존에 들어온다고 생각했는데 바깥쪽으로 휘어져 나가는 슬라이더였다.

그런데 구속은 140킬로미터 초반 정도나 될 만큼 빨랐다.

'고속 슬라이더? 아니야. 궤적이 옆으로 휘어지는 게 아니라 아래로 떨어졌어. 패스트볼의 속도이면서 종으로 떨어진다고?'

경호는 당혹스러운 얼굴로 이상진을 돌아봤다.

'설마 커터?'

커터, 혹은 컷 패스트볼이라 불리는 구종을 던지게 된 건 순전히 우연이었다.

부상 이후 구속과 구위가 현격하게 저하된 이후 끝없이 새로운 변화구를 모색해 봤다.

그중 하나가 바로 슬라이더를 개량하는 일이었다.

그때만 해도 이론적으로 부족한 면이 많았다.

국내에선 전무하다시피 했기 때문에, 검색을 해도 나오는 정보는 모두 영어였고, 번역해서 보는 것도 한계가 있었다.

그래서 책이나 정보를 얻어서 개량하는 게 아니라, 슬라이더의 그립을 조금씩 바꿔 쥐면서 바꿔 나갔었다.

그리고 커터의 그립을 완성해서 연습 때 써먹어 보긴 했어도 실전에서 사용하지 못했다.

이유는 간단했다.

구속이 느린 만큼 자신의 컷 패스트볼은 밋밋한 슬라이더 이상도 이하도 아니었다.

두 번째 이유로는 팔꿈치와 손목을 비틀어야 했다.

부상을 당하고 한동안 재활에 전념해야 했던 자신으로서는 이 이상으로 손목과 팔꿈치에 무리가 가는 공을 던질 수는 없었다.

'박경호는 변화구에 약해. 미국에서도 체인지업에 자주 당했었고, 컷 패스트볼처럼 눈에 익지 않은 변화구에는 더욱 약한 모습을 보였지.'

그래서 초구를 컷 패스트볼로 꺼냈다.

눈에 익지 않은 변화구를 꺼낸다면 일단 당황하게 만드는 데 성공할 터.

타자가 당황한다면 그다음부터는 자신이 원하는 시나리오로 유도할 수 있다.

"스트라이크!"

두 번째 공은 묵묵히 기다렸다.

어차피 지금 던진 체인지업은 그냥 보여 주려고 던진 공이었다.

이미 박경호는 자신이 친 거미줄에 걸린 먹이나 다름없었다.

씩 웃으면서 세 번째 공을 준비했다.

"스트라이크! 타자 아웃!"

처음 두 번이나 보여 준 낮은 공은 말 그대로 보여 주기 위해서 던진 공이었다.

새로운 구종이라고 생각한 컷 패스트볼조차도 단 한 번 보여 줬을 뿐.

낮은 공을 두 번이나 경험한 박경호는 세 번째로 들어온 높은 패스트볼에 속수무책으로 당했다.

'감히 내 패턴을 연구해 와?'

패턴을 알아내서 대응해 왔다면 바꿔서 갚아 주면 그만이다.

그리고 방금 보여 준 컷 패스트볼이 오늘 승부를 가를 열쇠가 된다.

*　　　*　　　*

"컷 패스트볼?"

타석에서 삼진을 당하고 돌아온 박경호의 말에 선수단과 코치진 전원이 얼굴을 찌푸렸다.

여태까지의 패턴에 없던 새로운 구종이 등장했단 사실은 머릿속이 더 복잡해진다는 말과도 같았다.

하지만 장종석 감독은 다시 얼굴에 미소를 띠면서 팔짱을 꼈다.

"어떻게 하면 좋겠습니까?"

"원래대로 가면 좋을 거 같습니다."

"코치님?"

허문해 코치의 말에 다들 아연실색했다.

새로운 구종이 나왔음에도 기존에 준비해 뒀던 대로 가자니.

하지만 그 말을 내뱉은 당사자는 담담했다.

"컷 패스트볼이 왜 지금 시점에서 튀어나왔을까요?"

"예?"

그는 보다 본질적으로 이상진을 꿰뚫어 보고 있었다.

"투심 패스트볼을 결정구로 주로 사용했고 우리가 그걸 파악해서 공략했단 점은 아마 알고 있을 겁니다. 실력으로 증명해 보이겠다고 한 게 일단 빈말은 아니네요. 국내 정상급이라고 할 만한 기량입니다. 그리고 그만한 수 싸움을 할 줄 아는 투수이기도 하죠."

옆에 있던 드링크를 마시며 목을 축인 그는 마운드에서 공을 던지는 상진을 바라봤다.

"이 시점에서 커터를 보여 준 건 우리를 당황스럽게 하려고 했을 겁니다. 말하자면 나에게 숨겨 둔 무기가 하나쯤 더 있다는 식이죠."

허문해 수석 코치는 이상진의 생각을 정확하게 꿰뚫어 봤다.

숨겨 놓은 구종이 하나 더 있고 그걸 결정구로 사용할 수 있다.

그걸 보여 준 것만으로도 이미 목적은 달성했다.

타자들은 혹시라도 컷 패스트볼이 들어오지 않을까 생각하고 흔들리게 된다.

"타자와의 수 싸움만이 아니라, 선수단 전체에 심리전을 걸어올 줄은 몰랐습니다. 그래도 컷 패스트볼을 여태까지 주력으로 쓰지 않았다는 건 익숙하지 않다는 뜻도 됩니다."

허문해 코치는 범타로 아웃되어 돌아오는 5번 타자를 바라보며 손짓을 했다.

이제 수비를 할 시간이었다.

그렇다고 그게 다음 공격을 준비하지 않을 이유는 되지 않는다.

"2회에도 우리는 준비한 대로 갑니다."

*　　　*　　　*

'컷 패스트볼을 보여 줬는데도 바뀌지 않는다.'

챔피언스의 타자들이 자신을 공략하는 방법이 바뀌지 않았음을 깨달은 건 2회에 올라와 두 타자를 더 상대했을 때였다.

투 스트라이크 원 볼에서 결정구로 투심 패스트볼을 던졌는데 마치 노렸다는 듯이 그걸 걷어 냈다.

우익수 윌리엄이 뛰어가서 잡아내기는 했어도 짜증이 솟구치기는 충분했다.

'컷 패스트볼을 보여 준 것에 아무런 대비도 하지 않는 건가? 그러면 고의적인데?'

누군지는 몰라도 자신의 의도를 간파한 모양이었다.

기껏 대응책으로 컷 패스트볼까지 드러내면서 혼란을 끼얹어줄 생각이었는데 그게 무산됐다.

짜증이 나긴 했어도 지금은 다른 방법을 생각할 때였다.

'그러면 투심을 결정구로 쓰지 않으면 되지 않을까?'

아웃 카운트를 잡으러 들어오는 공으로 투심을 예상하고 던진다면, 아예 결정구로 쓰지 않으면 된다.

하지만 그렇게 되면 마치 도망치는 것 같아 자존심이 용납하지 않았다.

'후우, 냉정해지자, 이상진! 이 바보 같은 놈아! 너한테 자존심이 어쩌구 그럴 정신이 어디 있냐.'

약점이 드러났다면 그걸 보완하면 된다.

지금 드러난 약점이 자신을 완전히 공략할 수 있는 방법도 아니었다.

잠깐이나마 자극받았던 자존심을 고이 접어 허공에 날려 버리고 마음을 가다듬었다.

"스트라이크! 타자 아웃!"

[타자 포인트 46을 포식하였습니다.]

예전부터 정면 승부라는 건 사치였다.

다른 투수들보다 약했던 자신이 할 수 있었던 건 살아남기 위해 발버둥을 치는 것 말곤 없었다.

지금 싸울 수 있는 힘이 생겼다고 해서 다를 건 없었다.

"스트라이크! 타자 아웃!"

마지막 결정구로 체인지업을 던진 상진은 가볍게 삼진으로 2회도 끝마무리를 지으며 마운드에서 내려왔다.

시합에서 추구할 건 승부가 아니었다.

승리였다.

*　　　*　　　*

저쪽에서 바뀌지 않으면 이쪽이 바뀌면 된다.

이상진의 변화에 강동 챔피언스의 타자들은 변하지 않는 걸 택했다.

하지만 다시 한번 패턴을 바꾼 이상진의 투구에는 속수무책일 수밖에 없었다.

"미치겠군."

"거기에서 패스트볼이 날아온다고?"

포수로 선발 출전 한 이재용은 어처구니없다는 듯 타석에서 물러났다.

결정구로 투심을 노리는 작전은 아직 유효했지만, 설마하니 150킬로미터가 넘는 포심 패스트볼을 던져 올 줄은 몰랐다.

"그러고 보니 저놈, 패스트볼 구속이 150킬로미터를 넘었잖아?"

전광판에 떠오른 구속은 무려 시속 152킬로미터였다.

작년까지 보여 줬던 상진의 최고 구속과 무려 20킬로미터 가까이 차이가 났다.

다른 선수라고 생각하라는 말은 수도 없이 들었지만, 막상 직접 겪고 나니 환장할 노릇이었다.

그리고 마치 벽 같았다.

"벌써 5회인데 점수가 없군."

저쪽도 점수는 없었지만 그래도 미치고 환장할 노릇이었다.

5회까지 빼어낸 안타는 6개뿐이었다.

하지만 그중 점수로 연결된 건 하나도 없었다.

그나마 3루를 밟아 본 것도 1회 이후로 한 번도 없었다.

"그래도 이번 시즌에 이상진에게서 점수를 빼지 못한 게 우리뿐만은 아니라는 걸 다행으로 생각해야 하나."

장종석 감독은 자조 섞인 웃음을 터뜨리면서 동시에 한숨을 내쉬었다.

최자석에게 홈런을 맞았어도 이상진의 기록은 말도 안 되는 수준이었다.

타자를 제대로 출루시키는 것조차 힘들었다.

"그렇다면 두 번째 약점을 노리는 수밖에 방법이 없나."

이상진의 투구 수는 아직 5회인데 벌써 70개를 돌파하고 있었다.

예전과 다르게 투구 수의 소모가 빨랐다.

첫 번째 약점인 투심 패스트볼을 공략한 것이 나름대로 도움이 됐다.

그리고 바로 지금 1번 타자로 나온 이정우가 보여 주는 신들린 커트도 큰 역할을 했다.

"파울!"

"쓰바."

또다시 던진 공이 파울이 되자 이상진의 얼굴빛이 달라졌다.

인천 드래곤즈가 파워 면에서 압도적이라면 이쪽은 콘택트 면에서 보다 나은 모습이었다.

게다가 타선 역시 교타자와 장타자의 조화가 잘 이루어져 있었다.

인천 드래곤즈 때보다 상대하기 까다롭다고 생각하면서 이를 악물었다.

'이번에는 어떤 공이?'

타석에 서 있던 이정우 역시 등에 흐르는 식은땀을 느끼고 있었다.

자신은 작년에 3할 5푼의 고타율을 기록하면서 팀의 현재이자 미래로 각광받고 있었다.

그래서 지금 상황이 무척이나 곤란하단 사실도 잘 알고 있었다.

'설마하니 커트하는 것밖에 하지 못할 줄이야.'

가지고 있는 구종이 많다는 점이 이렇게까지 까다로울 줄은 몰랐다.

게다가 하나하나가 전부 위력적이었다.

심지어 아까는 제대로 맞았음에도 공의 위력에 배트가 밀려 파울이 되고 말았다.

그나마 커트하는 게 고작이었다.

"스트라이크! 타자 아웃!"

'컷 패스트볼!'

마지막에 체인지업을 예측하고 배트를 휘둘렀는데 바깥쪽 아래로 휘어져 떨어지는 컷 패스트볼이 날아왔다.

박경호 이후로 처음 튀어나온 공에 정우는 눈을 부릅떴다가 입꼬리를 슬쩍 올렸다.

'몰렸다.'

비장의 무기로 사용했던 컷 패스트볼이 다시 등장했다는 뜻은 그만큼 이상진이 몰리고 있단 증거였다.

그동안 결정구로 사용한 투심 패스트볼은 대비가 되어 있었고, 다른 구종들은 다른 투수들도 즐겨 던지는 만큼 눈에 익은 상태.

구위나 구종으로 억누르지 못한다면 결국 이게 튀어나오는 게 정상이었다.

그러면서 동시에 왠지 모르게 선배인 박경호와 동급 취급을 받은 것 같아 나름 뿌듯한 기분도 들었다.

* * *

—이상진 선수가 5회까지 무실점을 기록하고 내려갑니다.

—이야! 정말 이상진 선수는 올해 충청 호크스의 복이네요. 외

국인 투수들보다도 압도적인 성적을 기록하고 있습니다.

—현재까지 0점대 방어율을 기록하고 있는 이상진 선수. 그래도 오늘 생각보다 피안타가 많습니다.

—아무래도 챔피언스에서 이상진 선수를 잘 분석해 온 듯합니다. 이상진 선수에게 유일한 약점이라고 한다면 체력인데 벌써 투구 수가 70개를 넘겼거든요.

이닝을 마치고 더그아웃에 들어와 전광판을 바라봤다.

아직 0점대를 기록하고 있었지만, 숨이 턱 막혀왔다.

무엇보다 맹렬하게 울려 대는 경고 메시지가 너무 눈에 거슬렸다.

[경고: 투구 수가 60을 돌파하여 체력이 10 하락합니다.]

[경고: 투구 수가 70을 돌파하여 체력이 10 하락합니다.]

체력이 30이나 떨어지니 구속과 구위에도 영향이 생기기 시작했다.

'아직 5회밖에 안 지났는데.'

자신이 던지는 구종과 자신의 버릇, 그리고 패턴까지 연구해 올 거라고는 생각했다.

하지만 예상했던 것보다 훨씬 철저한 분석이었다.

만약 투심 패스트볼을 계속 고집했더라면 이미 강판됐거나 점수를 내줬을지도 모른다.

'코인도 없고 체력은 떨어지고. 절체절명이라는 게 이런 상황을 얘기하는 거였나.'

이따금 마음 편하게 던질 수 있도록 먼저 점수를 내지 못하는 타자들이 원망스러울 때도 있었다.

가끔은 실책을 하는 수비에게 한탄할 때도 있었다.

그래도 지금은 그럴 때가 아니다.

"상진아, 나가자."

6회 초 공격이 너무나도 쉽게 끝나 버렸다.

상대 투수에게서 안타 하나만 뺏고 이닝을 넘겨준 타자들의 축 늘어진 모습을 보면서 상진은 씩 웃었다.

"인마, 누가 죽었냐? 왜 그렇게 힘이 없어?"

이보다 더 힘든 상황은 얼마든지 많았다.

그라운드로 올라가면서 글러브 안에 있는 공을 꽉 움켜쥐고 옛날을 떠올려 봤다.

그때의 기억은 정말 소름 돋을 정도로 떠올리기 싫었다.

그리고 새삼스럽게 깨달았다.

자신이 누구인지, 그리고 무엇을 해야 할지를.

"그래, 나는 이상진."

무엇보다 앞으로 어떤 힘든 상황이 닥쳐도 그때만 한 고통은 없을 거란 사실을.

"지옥에서 올라온 남자지."

6회 말이 시작됐음에도 이미 투구 수는 70개를 넘기고 있었다.

그만큼 챔피언스는 이상진을 계속 괴롭혔다.

하지만 괴롭히기만 했을 뿐, 상진은 무너지지 않았다.

"쾅?"

6회에 첫 번째 타자로 올라온 이정우는 순간 포수 미트에서 들려온 소리에 깜짝 놀랐다.

오늘 상진이 던진 공 중에 가장 비중이 없는 구종은 단연 포심 패스트볼이었다.

강동 챔피언스에서 강속구에 대처 능력이 떨어지는 선수는 거의 없었다.

지금 당장 자신만 하더라도 150킬로미터 이상으로 날아오는 공은 얼마든지 커트할 자신이 있었다.

그런데 구속이 떨어질 타이밍에 날아온 공에 순간 당황했다.

[145km/h]

전광판에 새겨진 구속은 시속 145킬로미터였다.

그런데 마치 150 이상의 강속구처럼 느껴졌다.

'이상진은 60구 이상 던지기 시작하면 구속이 떨어진다고 했는데 아직도 이렇게 던질 수 있었나.'

게다가 구위도 방금 전 들린 소리로 보자면 여전해 보였다.

끝까지 방심할 수 없다고 생각하면서 정우는 배트를 쥔 손에 힘을 더했다.

언제 어떤 공이 날아오더라도 커트해 낼 수 있도록 대비했던 정우는 바깥쪽으로 날아가는 커브볼에 순간 움찔 놀랐다.

"볼!"

정우는 원래 나쁜 공이라도 배트를 휘둘렀다.

하지만 작년부터 볼넷을 골라내는 데 집중했다.

덕분에 출루율을 크게 높이는 데 성공했고, 오늘도 이상진을 상대로 안타를 한 번 치고 볼넷도 한 번 얻어 냈었다.

이번에도 출루할 자신이 있었다.

"스트라이크!"

미세하게나마 조금 더 안쪽으로 들어오는 공에 스트라이크가 잡혔다.

그 순간 바깥쪽을 집요하게 공략한다고 느꼈다.

이상진은 몸 쪽과 바깥쪽, 그리고 위아래를 골고루 공략하는 투수였다.

바깥쪽을 두 번이나 던졌다는 건, 눈을 속이려는 의도로 보였다.

"파울!"

그런데 아니었다.

세 번째 공도 바깥쪽을 파고들어 왔다.

배트를 휘두르는 순간, 잘못됐다는 걸 깨달은 정우는 바로 손목 힘으로 배트를 움직여 커트해 내는 데 성공했다.

'휘유!'

몸이 반사적으로 움직여서 다행이었다.

하마터면 범타로 아웃이 됐거나 헛스윙을 할 뻔했다.

투 스트라이크 원 볼.

아직 한 번 이상의 기회가 남아 있었다.

그렇게 생각했다.

"스트라이크! 타자 아웃!"

심판의 무미건조한 선언에 정우는 당황하며 포수 쪽을 바라봤다.

헛스윙을 한 배트는 아무래도 좋았다.

방금 전에 마치 배트를 피해 가듯 아래로 휘어진 공의 행방이 더 중요했다.

하지만 정우의 기대와 달리 이미 공은 포수 최재환의 손 안에 들어와 있었다.

*　　　　*　　　　*

"후우, 후우. 어딜 세 번이나 나가려고 해?"

다른 타자라면 모를까 이미 두 번이나 출루를 한 이정우가 또다시 출루하려는 모습이 아니꼬웠다.

그래서 상진은 한 경기에 한 번밖에 쓸 수 없는 비장의 카드를 바로 꺼내 들었다.

[먹을 때는 개도 안 건드린다 0/1]

패턴을 바꾸는 건 상관없다.

투심 패스트볼을 봉인하는 것도 상관없다.

하지만 자신에게서 3번이나 출루하는 건 용납할 수 없었다.

"아웃!"

두 번째 타자도 가볍게 범타로 처리하고 가볍게 어깨를 풀었다.

투심이 결정구라는 점을 노리고 들어온 건 패턴을 바꿈으로

써 해결했다.

이제 남은 건 투구 수가 많아질수록 체력이 떨어진다는 문제였다.

"스트라이크!"

그래서 집요하게 바깥쪽을 노렸다.

좌타자가 들어오면 커브와 체인지업으로, 우타자가 들어오면 슬라이더와 투심으로 카운트를 잡아 나갔다.

[경고: 투구 수가 80을 돌파하여 체력이 10 하락합니다.]

체력이 점점 떨어져 갔음에도 상진은 개의치 않았다.

어차피 체력이 떨어진다고 해도 타자와 벌이는 수 싸움이 달라지는 건 아니다.

그렇게 6회도 자신의 손으로 끝냈다.

어느덧 세 번째 타자까지 하이 패스트볼로 삼진을 잡아낸 상진은 거친 숨을 몰아쉬었다.

"괜찮냐?"

더그아웃으로 돌아가는 길에 재환이 옆에 붙으며 물어왔다.

"쉽진 않네요."

"공략을 당한 마당에 쉽게 쉽게 갈 수는 없으니까. 그래도 잘했다."

"벌써 끝난 것처럼 말씀하시기예요?"

"너 한계 투구 수 온 거 아니냐?"

재환이 느끼고 있는 상진의 한계 투구 수는 80개 정도였다.

그 이후에는 구위와 구속이 급격히 하락한다.

하지만 상진은 고개를 가로저었다.

"체력이 떨어지기는 했어도 누구 마음대로 마운드를 내주라는 거예요?"

지금 자신이 교체되어 내려간다는 건, 강동 챔피언스의 공략법이 성공했다고 선언하는 것이나 다름없었다.

"구속하고 구위가 떨어졌다고요?"

그것만큼은 죽어도 싫었다.

"어디 지네 맘대로 되나 두고 보라죠."

*　　　*　　　*

7회 말에 이상진이 다시 마운드에 올라가자 장종석 감독의 얼굴에 의아함이 스쳐 지나갔다.

"이상진이 또 올라왔네. 한계 투구 수가 되지 않았나?"

"네. 6회까지 84구를 던졌고, 6회가 끝나기 전에 구속이 떨어진 것도 확인했습니다."

"그런데도 내보내다니. 한현덕 감독이 제정신이 아니구만."

충청 호크스의 국내 선발진 중에 믿을 만한 투수는 이상진뿐이었다.

실질적인 1선발로서의 역할을 하고 2, 3선발로서 외국인 투수 둘이 뒷받침해 주는 지금 4선발과 5선발 자리가 비어 있었다.

그 둘이 불안한 이상 충청 호크스 입장에서는 오늘 경기는 꼭 잡고 싶을 터.

이상진이 7회까지 나오는 것도 이해하지 못할 바는 아니었다.

"여태까지 버티느라 고생이 많았다."

마운드에 올라온 건 여태까지와 다르게 구속과 구위가 저하된 이상진이었다.

"이제 마음껏 쳐 봐라. 아마 너희에게는 배팅 볼 수준이 아닐까 싶다만."

"쳐달라고 던지는 거네요. 그러면 쳐 주는 게 인지상정 아닐까요?"

"다만… 알지?"

"알고 있습니다!"

말은 하지 않았지만, 이상진의 데이터를 달달 외운 그들은 이미 알고 있었다.

그가 지쳤을 때, 위기를 넘기는 방법 말이다.

하지만 강동 챔피언스 선수들의 생각과 전혀 다른 흐름이 이어지기 시작했다.

분명히 구속도 구위도 전부 하락했다.

하지만 상진의 공에는 망설임이 없었다.

아까처럼 바깥쪽으로 던지는데도 쳐 낼 수가 없었다.

"이잇!"

박경호는 자신의 차례에서 또다시 바깥쪽을 던져 대는 이상진의 투구에 성질을 냈다.

그리고 바깥쪽 공을 공략하기 쉽도록 몸을 앞으로 약간 더 내밀었다.

그걸 보자마자 상진은 바로 패턴을 바꿔서 몸 쪽 공을 던졌다.

하마터면 맞을 뻔한 공에 경호는 화들짝 놀랐다.

“이런 씁!”

마치 이번 이닝까지만 던지고 내려갈 것처럼 아슬아슬한 공의 연속이었다.

하지만 단 하나 확실한 건 공략하기가 아까보다 훨씬 까다로워졌단 점이었다.

‘어째서 공은 더 느려지고 위력도 없어졌는데 치기가 이렇게 힘든 거지?’

비단 박경호만 겪는 문제가 아니었다.

7회에 올라온 타자 세 명이 전부 똑같은 기분을 느끼고 있었다.

분명히 공이 어떻게 날아오는지 눈에 확실하게 보였다.

그런데 바깥쪽을 향해 던지다가도 조금만 앞으로 나오면 몸 쪽으로 가차 없이 던져 댔다.

“제정신인가?”

물론 포수인 재환 역시 오랜만에 미칠 것 같은 기분이었다.

몸 쪽, 바깥쪽 왔다 갔다 하는 거야 코너를 공략하는 거니 이해할 수 있었다.

그런데 더욱 문제인 건 구속이었다.

장종석 감독은 연신 전광판의 숫자를 번갈아 보면서 허허 웃었다.

똑같은 포심 패스트볼인데도 거의 10킬로미터나 차이나는 공을 던지고 있었다.

"패스트볼 구속이 저럴 줄은 몰랐군. 구속으로 완급을 조절하다니."

"생각보다 더 대단한 투수였습니다."

감독과 코치의 이야기를 듣던 투수들은 일제히 고개를 끄덕였다.

그래도 1년 차 새내기인 박주선은 무슨 말인지 이해하지 못해 선배들을 휘휘 둘러보다가 조심스레 물었다.

"구속으로 완급을 조절하는 게 그렇게 대단한 건가요?"

"으휴, 너도 갈 길이 멀구나."

"선민아, 애한테 왜 그러냐? 네가 아직 이해하기 어려운 건데, 지금 이상진의 폼을 봐라. 똑같지?"

"네. 똑같은 폼으로 다른 구종을 던지는 게 대단하단 건 알겠는데 구속은 왜인가요?"

투수조 선배들은 전부 쓴웃음을 지으면서 어깨를 으쓱거렸다.

알면 아는 만큼 보인다고 했다.

경험이 부족한 후배에게는 아직 그게 보이지 않았다.

"똑같은 폼에 똑같은 구종을 던지는데 구속이 일정하지 않아. 그런데 제구는 잘되고 있어. 그러면 어떻게 생각해야 할까?"

"어어. 음, 투수가 일부러 그렇게 던졌다는 겁니까?"

"정답."

그 말을 곰곰이 되새김해 보던 박주선의 얼굴이 새하얘졌다.

"그게 가능한 거예요?"

똑같은 폼으로 똑같은 코스에 똑같은 구종을 서로 다른 속도로 집어넣는 건 간단하게 할 수 없는 일이었다.

게다가 구속을 조절함으로써 전혀 생각하지 못했던 이점이 하나 더 있었다.

"스트라이크!"

"젠장!"

포심 패스트볼의 구속을 조절해서 던지다 보니 자연스럽게 투심 패스트볼의 위력이 살아났다.

느리게 날아오는 포심이라고 생각해서 배트를 휘두른 챔피언스의 타자들은 맥없이 무너졌다.

"공수 교대!"

"뭐?"

"벌써?"

느려진 공을 공략하러 올라갔던 챔피언스의 타자들은 어느새 종료된 이닝에 당황함을 감추지 못했다.

무엇보다 당혹스러운 얼굴이 된 건 장종석 감독이었다.

그는 다시 허탈한 웃음을 터뜨리면서 이번 이닝에 소모된 타자들을 돌아봤다.

그들은 모두 4번부터 6번, 클린업 트리오였다.

*　　　　　*　　　　　*

"후우, 후우."

[경고: 투구 수가 90을 돌파하여 체력이 10 하락합니다.]

이번 경기 총 투구 수 96구.

도저히 던질 수 없으리라 생각했던 100구가 드디어 눈앞이었다.

'팔은? 어깨는? 허리는?'

피곤하긴 해도 그렇게까지 아프진 않았다.

몸 상태는 더할 나위 없이 상쾌했다.

"더 던질 거냐? 벌써 100구가 눈앞인데."

"더 던지겠습니다."

"무리하는 거 아니냐?"

감독님의 마음도 이해하지 못하는 건 아니다.

부상 경력이 있는 투수에게 7이닝을, 그것도 100구 가까이 맡긴 것만 해도 놀라울 정도의 인내심이었다.

아마 7회 때 안타를 하나라도 맞았다면 바로 강판되지 않았을까.

"제 몸 상태는 제가 잘 압니다. 그리고 저도 나름대로 부상은 조심하고 있고요."

"으흠, 그래도 시즌은 길다. 알게 모르게 몸에 쌓이는 대미지는 어쩔 수 없어. 그게 부상의 원인이 될 수도 있다."

"지난번에도 이거하고 비슷한 상황이 있었던 것 같은데요."

조용히 미소 지었다.

절대적인 자신감과 자기 자신에 대한 신뢰가 없으면 나올 수 없는 미소였다.

"안타나 볼넷을 내주면 바로 내려오겠습니다. 추하게 변명 같은 건 하지 않겠습니다. 그러니 8회도 저에게 맡겨 주십시오."

억지를 부린 상진은 8회에도 마운드 위에 올라갔다.

당혹스러워하는 강동 챔피언스의 타자들을 바라보면서 상진은 주저 없이 스킬을 발동시켰다.

[〈둘이 먹다가 하나 죽어도 모른다〉 스킬이 발동됩니다.]

* * *

여태까지 생긴 체력 페널티를 완벽하게 지워 버린 상진은 무자비하게 공을 던졌다.

8회에 추가로 채운 투구 수는 딱 10개.

10구 동안 챔피언스의 타자들은 아무것도 할 수 없었다.

더그아웃에 돌아온 상진의 몸은 물에 젖은 솜처럼 축 늘어졌다.

총 투구 수 106개.

드디어 마의 100개를 돌파해 냈다.

스킬을 총동원하고 고심에 고심을 거듭하며 이뤄 낸 성과였다.

그래도 나름대로 뿌듯한 경기였다.

투심을 공략당하고, 고질병이나 다름없던 체력 부족을 공략당했음에도 거둔 결과물인 만큼 더욱 달콤했다.

"이야아! 은일아! 역시 너뿐이다!"

"초구! 초구만 치지 말아요!"

8회까지 침묵하던 타선이 9회 초에 터져 준 건 덤이었다.

그렇게 오늘의 승리투수는 결정됐다.

—이상진 선수의 맹활약에 힘입어 충청 호크스가 3연승을 달성합니다!

—그럼 잠시 후 오늘의 수훈 선수 이상진 선수를 만나 보시겠습니다.

* * *

최은아 아나운서는 웃으면서 고개를 살짝 숙여 인사를 했다.

"이상진 선수! 오늘 승리를 거두신 걸 정말 축하드립니다."

"하도 축하를 받다 보니 이제는 무덤덤해지네요."

순간 카메라에 보이지 않는 곳에서 대기하고 있던 송신우 코치의 얼굴이 일그러졌다.

혹시나 해서 나와 봤는데, 역시나였다.
'적당히 해! 이 자식아!'
상큼하게 미소를 지으면서 마이크를 만지작거렸다.
인터뷰 스킬은 확실히 늘었다고 생각했다.
그 방향성이 문제긴 했지만.
"하하. 이상진 선수도 인터뷰를 많이 하시다 보니 카메라 앞에서도 여유가 넘치시네요. 재밌는 농담이시네요."
"하하하, 농담은 아닌데요?"
아나운서의 표정이 다시 순간적으로 굳었다.
옆에 있던 피디와 방송 관계자는 물론 다른 선수들과 코치들도 마찬가지였다.
송신우 코치는 바로 손으로 목을 긋는 시늉을 하면서 눈을 부라렸다.
'똑바로 해! 이 새끼야!'
그 시선을 본 상진은 아주 작게 한숨을 내쉬면서 어깨를 으쓱거렸다.
"하하, 농담이죠, 농담. 누가 진심으로 그런 생각을 하겠습니까?"
"아하하, 그렇죠?"
"예. 오늘도 승리를 거두니까 정말 기쁘네요. 늘 새롭고 늘 짜릿해요."
이런 인터뷰도 짜릿하겠지.
피디는 이런 말을 목구멍 밖으로 내뱉고 싶었다.

방송 사고의 경계선을 넘나드는 가운데 아나운서는 간신히 다음 질문으로 넘어갔다.

"오늘 100구를 돌파하셨는데, 중간에 공에 힘이 많이 떨어졌습니다. 과거 부상당했던 후유증이나 체력 문제에 대해 우려하는 시선이 있는데 어떻게 생각하시나요?"

과거 부상의 후유증이란 말에 상진은 살짝 눈을 감았다.

야구밖에 모르고 살아왔던 인생에서 야구를 그렇게 쉽게 버릴 순 없었다.

어떻게든 야구를 하기 위해 몸부림쳤던 시간들.

고통을 참아내고 이를 악물며 지옥 같은 재활을 버텨냈다.

그 모든 것을 이겨 내고 복귀한 지금이 너무 행복했다.

"투구 수가 늘어나면 아무래도 구위와 구속이 떨어지는 건 어쩔 수 없고 그걸 해결하는 게 제 목표가 아닌가 싶습니다. 시즌이 지나면 팬 여러분께 더 나아진 모습을 보여 드릴 수 있겠죠."

아나운서도 만족스러운 답변에 웃으며 고개를 끄덕였다.

하지만 다음 질문은 전혀 생각하지 못했던 이야기였다.

"시즌 초반에 승수를 쌓는 페이스가 무척이나 빠르신데 혹시 목표로 정해 두신 승수가 있으신가요?"

"목표로 정해 둔 승수요?"

잠시 생각해 보는 듯하던 상진의 입가에 장난스러운 미소가 떠올랐다.

"한 20승쯤? 생각해 보고 있습니다."

어디선가 넘어가는 소리가 들려왔다.

저 멀리에서 입만 벙긋거리는 한현덕 감독이 삿대질만 하고 있었다.

왠지 한마디만 더하면 뒷목을 잡고 쓰러질 것만 같은 분위기여서 상진은 싱긋 웃었다.

"현실적으로는 15승만 해도 만족스러울 것 같습니다. 여태까지 단일 시즌 10승도 못 넘어 봤으니까요."

"그럼 올 시즌 목표는 15승인가요?"

"예, 뭐. 그렇다고 해 두는 편이 좋을 거 같네요."

말 한마디 한마디에 들썩거리는 감독과 코치를 놀리는 재미도 있었지만, 이제 슬슬 끝마쳐야 할 시간이었다.

"아마 다른 팀에서도 저를 분석하려고 애를 쓰시는 걸로 알고 있습니다. 오늘 경기도 그래서 약간 고생했는데요."

그래도 한마디 마무리로 던지는 건 잊지 않았다.

"아마 조금 더 머리를 쓰셔야 하지 않을까 싶네요."

*　　　　*　　　　*

한현덕 감독은 원정 숙소로 돌아가는 버스 안에서 축 늘어졌다.

승장 인터뷰를 어떻게 했는지 기억도 나지 않았다.

그저 으레 하던 말만 되풀이했던 것 같았다.

이마에 손을 얹고 한숨을 쉰 현덕은 헛웃음을 터뜨렸다.

"구단에서도 난리가 났겠군."

"지금 감독님 휴대폰도 난리가 난 것 같은데요."

"나도 알아, 이 자식아. 그러니까 안 받고 있지. 무슨 소리를 들을까 겁난다."

지친 얼굴이긴 했어도 옆에서 히죽거리고 있는 상진이 못내 얄미웠던 현덕은 주먹을 쥐었다가 다시 한숨을 쉬었다.

"하여튼 인터뷰만 하면 사고를 쳐요."

도발도 이런 도발이 없었다.

지난번에는 그나마 실력으로 증명하겠다는 말 정도였으니까 그러려니 했다.

그런데 이번에는 아예 대놓고 방송에다가 말해 버렸다.

"이게 다 머리 좋은 저의 배려라니까요."

"배려는 개뿔. 무슨 배려인데?"

"뭐, 별거 없잖아요? 팀이 아니라 제가 표적이 된 셈이니까요."

그 말에 현덕은 고개를 갸웃거렸다.

그는 히죽거리는 상진이 한 말이 무슨 뜻인지 전혀 이해하지 못했다.

"저 자식은 무슨 뚱딴지같은 소릴 하고 있어?"

"그런 말 아닐까요?"

"무슨 말? 좀 알려 줘 봐."

송신우 코치는 싱긋 웃으면서 뒷좌석으로 가는 상진의 뒷모습을 흘끗 바라봤다.

"아무래도 우리 충청 호크스를 상대하는 팀은 상진이가 거슬릴 테니까. 이제부터 우릴 상대하는 팀들은 상진이를 피해서 팀을 노리려고 들겠지."

그 말에 현덕은 무릎을 탁 쳤다.

시즌은 144경기나 되고 이상진이 나오는 경기는 한정되어 있다.

그렇다면 이상진을 무너뜨리는 게 아니라 충청 호크스부터 무너뜨리면 된다는 발상이 있을지도 모른다.

"그런 방법을 미리 대비한다고?"

"생각보다 머리가 좋은 녀석이니까."

현덕은 감탄하면서 고개를 끄덕였다.

"생긴 거는 곰처럼 생긴 놈이 머리는 잘 굴리네. 그건 그렇고 확실히 표적은 표적이구만."

이상진은 분명히 목표를 우승이라고 말했다.

그것을 기억하는 사람들은 꽤 많을 터.

그리고 실력으로 증명하겠다고 했던 일이 아니꼬웠던 다른 구단에서는 상진을 노리고 전력을 다해 공략했다가 실패했다.

그렇다면 그다음으로 할 일은 하나뿐이었다.

우승을 못하게 저지하려면 주위부터 무너뜨려야 한다.

우승이라는 목표를 향해가는 팀을 무너뜨리는 방법은 여러 가지가 있다.

에이스를 무너뜨리는 것도 하나의 방법이지만, 더욱 간단한 건 에이스 외의 다른 투수들을 공략하는 방법이다.

팀의 다른 선발들이 무너진다면 우승에서 멀어진 상진의 멘탈을 덤으로 무너뜨릴 수도 있었다.

"마치 형진이가 메이저리그에 가기 전의 모습을 보는 듯하네."

"그때 형진이도 등판한 다음에 비가 오길 바라는 일이 한두 번이 아니었으니까."

2000년대 후반에만 해도 유형진 하나만 믿고 가는 팀이었다.

그리고 시작된 암흑기 동안 얼마나 고생했던가.

인프라부터 팀의 기초가 되는 고등학교 선수들의 수급 과정까지.

무엇 하나 제대로 됐던 게 없었던 충청 호크스가 다시 일어나지 못하게 된 건 그동안 쌓여 있던 총체적 문제가 전부 터져서였다.

"그래서 단장은 뭐래?"

"몰라. 올해가 지나면 재계약하느니 마느니 하는 양반인데 어떻게 하겠어. 지금도 위에 눈치 보느라 난리지."

작년 아슬아슬하게나마 가을 야구에 손이 닿을 뻔했던 게 문제였다.

올해는 윗선에서 그것 이상의 성적을 요구하고 있는 만큼 감독인 한현덕도, 단장인 박종현도 골치가 아팠다.

"성적을 내는 게 그렇게 만만한 일이 아닌데."

"불펜이 흔들리고 있으니까. 그나마 상진이가 있어서 선발진은 한숨 돌릴 수 있어서 다행이야."

"그래도 선발은 여전히 문제야. 인재도 나름 해 주고는 있지만 아직도 멀었어."

완성은커녕 아직도 갈 길이 먼 팀이었다.

그래도 기둥마저 폭삭 주저앉은 게 아니라 다행이라고 해야 할까.

한현덕 감독은 가방에 있는 데이터를 꺼내 들어 하나씩 다시 훑어보기 시작했다.

*　　　*　　　*

「이상진, 그 누가 오더라도 막을 수 없다」

「이상진의 시즌 첫 목표는 15승, 될 수 있다면 20승」

「한국 역사상 20승 투수는 누가 있었나」

말했던 그대로 어제의 인터뷰는 화제였다.

기자들은 연신 기사를 써서 올려놨으며, 인터넷 누리꾼들은 그것을 읽고 다시 열띤 토론을 벌이기 시작했다.

하지만 시즌 초반과 달리 지금의 여론은 생각보다 이상진에게 호의적이었다.

—이상진 진짜 20승 찍어 버리는 거 아니야?

ㄴ그럴지도? 지금 페이스대로라면 20승이 뭐냐? 25승도 하

겠다.

ㄴ시즌 초반에 반짝하는 거야 누구든지 할 수 있지. 나중에 퍼져서 몇 이닝 뛰지도 못할 거다.

ㄴ그래도 역대급 행보 아니냐? 호크스에 이만 한 투수가 얼마 만에 나온 거야.

다들 유형진 이후에 처음으로 등장한 호크스의 새로운 에이스에 대한 기대가 대단했다.

특히 원래부터 던질 줄 알았던 구종들이 구속이 올라오고 구위가 갖춰지자 리그 내에서도 손꼽히는 수준까지 올라왔다.

그건 기자들만이 아니라 야구 전문 프로그램의 출연자들도 똑같이 이야기했다.

"이상진 선수의 구종별 분포를 보면 정말 대단하다는 말밖에 나오지 않습니다. 모든 구종을 고루고루 던지고 있죠."

방송에 출연한 패널의 뒤편으로 보이는 스크린에 구종별 분포도가 나타났다.

얼마 전에 첫 등장한 컷 패스트볼을 제외한 모든 구종이 표시되자 전부 감탄을 터뜨렸다.

"정말 모든 공을 잘 섞어서 던지네요."

"그것뿐만이 아니죠. 챔피언스의 박경호 선수는 패스트볼에 대처를 잘한다는 강점을 가졌죠. 그래서 이상진 선수는 패스트볼이 아니라 변화구 위주로 던졌습니다."

이번에는 각 선수별로 던진 공의 비율이 나타났다.

그걸 보자 확연하게 구분이 됐다.

패스트볼에 강한 타자에게는 변화구 위주로, 변화구에 강한 타자에게는 구속과 구위로 윽박지르는 투구를 한 게 확연히 드러났다.

"그런데 나중에 가서는 박경호 선수의 타이밍을 뺏기 위해 패스트볼을 던져 허를 찌르기도 했습니다. 변화구만 던지면 얻어맞으리란 걸 아는 거죠. 정말 영리한 투수입니다."

"그런데 작년에도 비슷하게 던졌는데 어째서 성적이 좋지 않았을까요?"

"그건 구속과 구위 때문입니다. 이상진 선수는 과거 부상 경력이 있었죠. 그것도 큰 수술을 받고 거의 9개월을 재활에 매진해야 할 정도로요."

텔레비전을 보고 있던 상진은 재활과 수술 이야기가 나오자 바로 전원을 꺼 버렸다.

아무리 기량을 예전 그 이상으로 회복했다고 해도 저런 이야기는 듣고 싶지 않았다.

침대에 벌러덩 드러누운 상진은 시스템을 켜 놓고 작게 한숨을 쉬었다.

[경고: 투구 수가 100을 넘었으므로 1일 동안 체력 회복이 제한됩니다.]

100개를 넘기면 어떤 페널티가 생길지 알 수 없었는데, 체력 회복 제한이라니.

생각보다 과한 페널티가 기다리고 있었다.

'5일 로테이션으로 굴러간다고 가정할 때 월요일을 생각한다면 없는 페널티나 다름없겠지만.'

문제는 이미 자신이 도발을 해 버렸다는 점이었다.

물론 도발에 걸려 준다면 상관이 없겠지만, 아마 연륜이 있는 감독이나 코치들은 이미 파악했을 수도 있었다.

그걸 억지로 비틀기 위해서는 상대 에이스가 등판하는 날에 자신이 올라가야 했다.

텔레비전을 끄고 심심함에 몸부림을 치던 상진은 스마트폰을 켜고 뉴스를 훑어보기 시작했다.

야구 뉴스에는 자신을 칭찬하거나 비난하는 목소리로 가득했다.

거기에서 시선을 돌려 다른 뉴스를 보던 상진의 눈이 살짝 빛났다.

"2020년 도쿄 올림픽이라."

내년에 올림픽이 열린다.

옛날에는 국가를 대표하는 대표 팀에 선발되는 걸 꿈꿔 본 적도 있었다.

병역 면제의 수단으로 쓰인다는 비난을 받는 올림픽 메달이었지만, 자신에게는 아무래도 좋았다.

'고관절과 어깨, 팔꿈치 수술 때문에 군대는 보충역으로 판정이 났지.'

큰 수술만 두 차례에 통원 치료까지 지속적으로 받았다.

병무청에서도 확실하게 공익으로 통보를 해 주었다.

그래도 국가 대표라는 건 한 번쯤은 해 보고 싶기도 했다.

'무엇보다 앞으로 더 성장하기 위해서, 더 나은 자리로 가기 위해서 좋은 커리어가 될 수도 있지.'

물론 지금은 그것보다 더 중요한 게 하나 있었다.

뉴스를 끄고 휴대폰 앱을 켠 상진은 이것저것 누르기 시작했다.

'오랜만에 튀김이나 먹어 볼까.'

요즘 같은 세상에 배달 앱이 나와서 얼마나 다행인지 몰랐다.

얼마를 시키든 상관은 없었다.

청구는 구단으로 돌아갈 테니까.

*　　　*　　　*

"여태까지 누적 성적이 좋은 선수들, 그리고 요 근래 성적이 좋은 선수들을 뽑아왔습니다."

대한민국 야구 국가 대표 팀의 감독으로 새롭게 선임된 김경달 감독은 채 깎지 않아 까끌까끌한 턱수염을 매만졌다.

타자들은 누구를 뽑든지 제대로 타선을 만들 수 있었다.

하지만 투수는 그렇지가 않았다.

"확실한 선발로 쓸 투수가 정말 없네요."

"일단 뽑는다면 강남 그리즐리의 이영화와 인천 드래곤즈의 김강현이 되겠군요."

"내셔널스의 양현정도 있습니다."

국가 대표 팀 구성은 짜임새가 있어야 한다.

투수는 좌완부터 우완까지, 그리고 사이드암이나 언더스로 투수까지 전부 고루고루 갖춰야 한다.

타자 같은 경우에도 레벨 스윙, 어퍼 스윙을 하는 선수들을 구분하고 상황별로 맞춰서 팀 타격이 가능하거나 장타자나 교타자의 구분도 필요했다.

"그리고 호크스의 이상진은 어떻습니까?"

그 말에 다들 음 하고 신음을 내뱉었다.

요새 기세를 타고 좋은 성적을 거두고 있는 건 부정할 수 없는 사실이었다.

하지만 모두의 기억에 남아 있는 그날의 대참사도 역시 사실이었다.

"부상은 괜찮답니까?"

"호크스에 요청해서 받은 자료에 의하면 매우 괜찮은 상태라고 합니다."

"그래도 언제 어떻게 될지 모르니 불안하네요."

김경달 감독도 고개를 끄덕이며 그 의견에 동의를 표했다.

한국 야구 역사의 참사라고 입에 오를 정도의 사고였다.

이상진이 혹사를 당하다가 무너진 이후에 투수들의 투구 수 등에 대해 인식이 많이 바뀌었다.

그리고 혹사에 대해서 감독들이 노이로제가 걸릴 정도로 민감해지기도 했다.

"그래도 요새 가장 좋은 성적을 거두고 있는 투수가 아닙니까?"

"7월에 발표할 명단은 예비 명단이니까 우선은 고려해 보는 게 좋지 않을까요."

도쿄 올림픽에 나갈 대한민국 야구 대표 팀을 구성하기 전에 대회가 하나 더 있었다.

11월에 열리는 프리미어 12.

거기에서 최소 6위 안에 드는 성적을 거두어야 도쿄 올림픽 본선에 진출할 수 있다.

만약 6위 안에 들지 못한다면 대륙별 예선에서부터 기어 올라가야 했다.

그런 사태가 벌어지게 된다면 대표 팀 코칭스태프의 자질을 의심받게 된다.

"우선은 이상진을 예비 명단에 넣습니다."

"선발 자원으로 좋겠습니까? 아니면 불펜 자원으로 좋겠습니까?"

김경달 감독은 상진의 데이터를 다시 훑어봤다.

프로 초년생으로 1군에 데뷔했을 때만 해도 선발로 각광받았다.

그리고 선발과 불펜을 오가며 마당쇠 일을 하다가 부상을 당한 이후에는 원 포인트나 패전 처리조로 뛰었다.

경험적인 면에 있어서는 그 누구보다 풍부했다.

"정인철 코치는 어떻게 생각합니까? 같은 팀에 있었는데."

"멘탈적으로는 나무랄 데 없는 선수입니다. 어떤 상황이 와도 쉽게 흔들리지 않고 흔들리더라도 금방 다잡죠."

실력 면에서는 올해 증명하고 있었다.

앞으로도 얼마나 증명이 될진 모르겠지만, 이런 성적을 계속 거둔다면 국가 대표 1선발로 꼽힐 만한 선수였다.

무엇보다 투수는 얼마가 있든 부족했다.

"이상진을 꾸준히 관찰해 보도록 하십시오."

김경달 감독의 입장에서도 이런 좋은 투수를 넘길 이유는 없었다.

특히 지난 아시안 게임에서 호성적을 거두었어도 선발 과정에서 잡음이 많았다.

그걸 불식시키기 위해서라도 실력 위주의 선발을 할 필요도 있었다.

"성적이 좋다면 뽑지 않을 이유는 없으니까."

어떻게 괴롭혀 볼까?
VICTORY

선발로 올라가 승리를 거두고 난 다음 꾸는 꿈은 아주 달콤했다.

한참 잘 자던 상진은 눈을 게슴츠레 떴다가 욕을 하며 다시 이불을 뒤집어썼다.

"아, 씁! 왜 또 왔어요!"

"왜긴, 심심하니까 왔지."

"이런 젠장!"

잊을 만하면 집에 쳐들어오는 저승사자 영호의 얼굴을 보자마자 잠이 확 달아났다.

다시 자려고 이불로 얼굴을 가려도 달아난 잠은 되돌아오지 않았다.

자리에서 일어난 상진은 시계를 보고 다시 한번 욕을 내뱉었다.

"그렇다고 아침 7시에 쳐들어와요?"

"너 어차피 7시 반에 일어나서 아침 조깅 나가잖냐. 그거나 이거나, 그게 그거지."

"아니! 사람한테 있어서 1분이라도 더 자는 게 얼마나 소중한 건데 그러깁니까!"

"야야, 그래도 내가 너한테 해가 되는 사람이냐?"

"사람이 아니니까 더 문제죠! 그리고 도움이 되긴 합니까!"

아침부터 버럭버럭 화를 낸 상진의 얼굴은 시뻘게져 있었다.

영호는 능글맞게 웃으면서 뭔가를 내려놓았다.

엄지손가락만 한 크기의 물건은 마치 한약으로 만든 단환같이 생겼다.

"이게 뭔데요?"

"너한테 도움이 될 거. 그동안 노력도 하고 시스템 악용도 안 하고. 게다가 저승사자들 눈요기도 시켜 주지 않았냐. 그런 너한테 주는 마이 프레젠트."

"저승사자가 영어 쓰지 맙시다. 그래서 이게 뭐냐구요."

"먹어 보면 알아."

의심스러운 표정으로 저승사자를 노려봤다.

그래도 지난번에 시말서까지 쓰고 저승을 발칵 뒤집어 놨던 장본인이었다.

설마하니 또 그런 일을 벌일 정도로 멍청할 거라 생각하진 않았다.

단환과 저승사자를 번갈아 보던 상진은 그걸 가볍게 입에 넣어서 씹어 먹었다.

뭔가 괴상하고 지독한 냄새가 나고 토할 것 같은 냄새가 입안에 확 퍼졌다.

'젠장. 이걸 먹어야 하나. 몸에 좋은 게 아무리 쓰다고 하지만 이건 너무한걸.'

투덜거리기는 했어도 저승사자가 실수해서 우여곡절을 겪은 이후로 짜증나게 하는 경우는 있어도, 해가 되는 경우는 없었다.

그래서 우선 시키는 대로 이상한 냄새가 나는 단환을 대충 씹고 목 뒤로 넘겼다.

"우웩, 무슨 맛이 이래요?"

그 순간 갑자기 눈앞에 떠오르는 메시지가 있었다.

그걸 본 상진의 눈이 휘둥그레 떠졌다.

[알림: 스킬 [맛있게 먹으면 0칼로리]를 획득하였습니다.]

"스킬? 아니, 누추한 곳에 귀한 분이 오시더니 웬 스킬을 다 주시나이까!"

"…넌 진짜 입장에 따라서 태도가 획획 바뀌는구나."

"그래야 사람이 사는 거 아닐까요? 그런데 이거 무슨 스킬이에요?"

얼른 시스템 열고 설명을 본 상진은 웃음을 터뜨렸다.

[맛있게 먹으면 0칼로리]

—너무 많이 먹고 칼로리 걱정에 빡세게 운동하는 당신을 위한 선물! 이제부터는 하루에 필요한 칼로리를 제외하고 나머지는 전부 맛있게 드셔도 됩니다! 맛있게 먹는 당신에게 칼로리를 제로로 만들어 드리는 특별한 서비스가 찾아갑니다!

"이야! 우리 저승사자님께서 이런 게 필요한 줄은 어떻게 알고 꼭 집어서 주시는 겁니까. 진짜 귀신이 곡할 노릇입니다요."

안 그래도 요새 칼로리 때문에 어마어마하게 고민하던 상진이었다.

타자들을 계속해서 잡아먹고 밥을 먹어서 포인트를 쌓아 코인을 얻는다.

그렇다고 해도 여태까지 먹은 칼로리와 영양분들이 다른 데 가는 건 아니다.

아무리 남들보다 오래 운동한다고 해도, 매일같이 칼로리를 다 소모하는 건 쉽지 않은 일이다.

그래서 그걸 전부 불태우기 위해 상진은 오늘도 아침부터 조깅을 뛰러 나갈 참이었다.

"그런데 무슨 바람이 불어서 이런 걸 줘요?"

"넌 생각보다 저승에서 유명해. 지난번에 네 경기를 보러 왔던 저승사자들 있지? 걔네 때문에 입소문이 났어. 덕분에 이런 것도 받아 온 거지."

"그러면 저승사자들이 보내 준 거예요?"

"뭐, 대충 그렇다고 해 두자."

대답을 두루뭉술하게 하는 걸 보니 뭔가 숨기고 있는 듯했다.

그래도 좋은 스킬이 손안에 들어왔으니 굳이 신경 쓰고 싶지는 않았다.

"혹시 배 안 고프세요? 뭐라도 좀 드실래요?"

"넌 진짜 휙휙 변하는구나. 오늘은 시간이 없어서 좀 일찍 가 봐야 해. 아, 그리고 얼마 후에 또 저승사자들하고 같이 경기 보러 갈 거니까 언제 등판하는지나 좀 알아놔 둬라."

"잘 던지면 뭐 또 줍니까?"

"너 하는 거 봐서."

창문을 열어젖힌 영호는 검은 정장 차림으로 공중에 날아올랐다.

그가 이런 식으로 사라지는 걸 처음 보는 상진은 신기하다는 듯 보다가 문득 물었다.

"그런데 아까 내가 먹은 건 대체 뭐 길래 냄새랑 맛이 그래요?"

"응? 아, 그거?"

영호의 입꼬리가 씩 올라갔다.

그 미소에서 왠지 모를 불길함이 느껴졌다.

"아니, 말 안 해 줘도 돼요. 왠지 듣고 싶지 않아요."

"그래도 들을 건 들어야 하지 않겠냐? 그거 뭐로 만들었냐면……."

상진에게서 거리를 좀 벌린 그는 조용히 입을 열어 폭탄을 던졌다.

"돼지 똥으로 만든 거다."

"퉤퉤! 이런 쓰벌! 이 빌어먹을 저승사자 같으니!"

*　　　*　　　*

가글을 계속 하고 몇 번이나 이를 닦아도 입 안에 단환의 맛이 남아 있는 기분이었다.

그걸 떠올리자 얼굴이 다시 저절로 찡그려졌다.

"퉤퉤."

"넌 아까부터 왜 그렇게 침을 뱉어 대냐."

"못 먹을 걸 먹어서 그래요."

"세상 모든 걸 다 처먹는 네가 못 먹는 게 있다니. 신기하네."

인상을 찌푸리면서도 상진은 트레드밀 위를 계속 달렸다.

몸에 들어오는 칼로리 양을 조절할 수 있게 됐다고 해도 체력이 부족한 건 변함없는 사실이었다.

이걸 보완하기 위해서라도 지금은 하체를 처음부터 다시 단련해야 했다.

"그런데 오늘은 괜찮으려나 몰라요."

"왜? 내가 선발이라서 걱정되냐?"

"당연하죠. 안 그래도 포크볼은 팔에 부담이 많이 가는데, 형은 요새 많이 던지잖아요."

장인재는 멋쩍은 표정을 지으면서 스트레칭하던 걸 멈췄다.

그 말대로 포크볼은 그에게 양날의 검이나 다름없었다.

"그래서 요새는 너클 커브도 자주 쓰잖냐. 걱정하지 마라."

"그러면 다행이긴 한데. 뭐, 형이니까 잘 알아서 하리라 믿어야죠."

이번 시즌 들어와 불펜에서 선발로 이동한 건 상진만이 아니었다.

인재 역시 이번에 4선발로 낙점을 받아 선발진을 뒷받침해 주고 있었다.

"그런데 형, 포크볼 말고 스플리터로 바꿔 보는 건 어때요?"

"스플리터? 아서라. 시즌 중에 새로운 구종을 던지는 건 형진이 형 말고는 안 돼."

"저도 시즌 중에 했거든요!"

"넌 그래도 준비는 했잖냐."

"그리고 누가 시즌 중에 던져 보래요? 포크볼하고 그립이 비슷하니까 한번 연습이라도 해 보라는 거죠. 팔에 부담도 덜 가고 좋잖아요."

사실 인재도 얼마 전에 비슷한 제안을 송신우 투수 코치에게서 받았었다.

포크볼은 악력을 극단적으로 사용해서 부상 위험이 크니 바꿔 보는 건 어떠냐고.

하지만 시즌이 시작됐으니 나중에 생각해 보겠다고 넘겼었다.

그런데 지금 상진이 똑같은 제안을 하고 있었다.

"일단 시즌 끝나고 생각해 보려고. 나도 나이가 있잖냐? 던지던 거라도 잘 던져야지."

"나랑 한 살 차이밖에 안 나면서 어디 늙은 척을 합니까?"
이렇게 실없는 농담을 던지면서도 마음이 약간은 무거웠다.
인재도 어렸을 때부터 과하게 던져 온, 혹사의 산증인이었다.
그래서 더욱 잘됐으면 하는 바람이었다.

* * *

—장인재 선수가 또 주자를 내보냅니다!
—병살타로 처리! 정은일 선수가 4—6—3 병살타로 이닝을 마무리 짓습니다!
—매 이닝마다 주자는 내보내도 어떻게든 잘 막고 있는 충청 호크스!

"4회까지 어떻게든 막아 내고는 있군요."
한현덕 감독도 식은땀을 닦아 내면서 경기에 집중하고 있었다.
매 이닝마다 위기가 찾아왔지만, 인재는 아슬아슬하게 그걸 넘기고 있었다.
상진이 압도적인 힘과 수 싸움으로 밀어붙이는 불도저와 같다면, 장인재는 마치 줄타기를 하는 곡예사를 보는 기분이었다.
"오늘 타선도 막혀 있고."
4회까지 2실점으로 잘 버텨 주고는 있었지만, 오늘의 타선도 문제였다.

1번 타자이자 1군의 막내급인 은일이 두 번이나 출루를 했음에도 그걸 뒤에서 불러들이질 못했다.

"자자. 공격을 하러 가 보자. 다들 준비는 됐지?"

"예!"

5회 초 충청 호크스의 공격 차례에 타자들은 배트를 챙기고 나가기 시작했다.

그때 상진이 6번 타자인 김혜성을 조용히 불렀다.

"혜성이 형, 잠깐 괜찮아요?"

"왜? 뭐 때문에 그래?"

"초구에 슬라이더가 들어오면 2구째에는 높은 패스트볼을 노려봐요."

"응? 무슨 소리야, 그게?"

갑자기 공의 배합을 이야기하자 혜성은 고개를 갸웃거리며 묘한 표정을 지었다.

하지만 상진은 자신감 있게 밀어붙였다.

"한 번만 믿어봐요. 믿어 봤자 손해는 아니잖아요?"

물론 믿어서 손해는 아니었다.

상진은 전력 분석 팀에게서 언제나 자료를 받았고, 상대 팀에 대해 누구보다도 철저하게 연구하는 타입이었다.

설령 투수라고 하더라도 말이다.

"좋아. 그런데 초구에 슬라이더가 안 날아오면?"

"그러면 형이 알아서 하셔야죠."

혜성은 싱긋 웃으면서 타석에 섰다.
상대 팀의 투수는 인천 드래곤즈의 데이비드였다.
올해 드래곤즈가 새로 데리고 온 외국인 투수였지만, 멘탈이 흔들리면 실력도 들쑥날쑥하다는 평가를 받고 있었다.
그래도 오늘은 초반부터 흐트러짐 없이 잘 던지고 있어서 공략에 어려움이 있었다.
"스트라이크!"
초구를 가만히 지켜본 혜성의 눈에 이채가 떠올랐다.
설마 설마 했는데 정말 상진의 말대로 슬라이더가 날아왔다.
'초구에 슬라이더면 두 번째는 높은 코스로 날아오는 패스트볼이라고 했나.'
모르는 사이에 패턴이라도 알아낸 걸까.
고개를 갸웃거리면서도 혜성은 높은 쪽으로 날아오는 공을 향해 배트를 휘둘렀다.
따악!
상진의 말대로 높은 곳을 노리는 패스트볼이 날아왔고 그걸 쳐 냈다.
당황한 건 드래곤즈와 호크스, 양쪽의 더그아웃 모두 마찬가지였다.
"어?"
"저걸 쳤네?"
하늘 높이 솟은 공을 보며 1루부터 한 바퀴 돌면서 혜성 역시 어안이 벙벙했다.

—김혜성 선수! 쳤습니다! 이거 꽤 큽니다! 넘어가나? 넘어가나? 넘어가나? 넘어갔습니다!

—우측 담장을 훌쩍 넘어가는 김혜성 선수의 솔로 홈런! 이걸로 충청 호크스가 1점을 뒤쫓아 갑니다!

그걸 보면서 상진은 씩 웃으면서 엄지손가락을 치켜세워 보였다.

"김 사장님, 나이스 샷."

대충 패턴을 알아냈다.

송신우 코치와 눈을 마주친 상진은 고개를 끄덕였다.

"패턴을 알아냈습니다."

"나도 대충은 알겠더구나. 배합이 너무 단조로워."

주전 포수인 이주원이나 경험이 많은 허도훈이 아니라 아직 어린 티를 벗지 못한 이현성이 투입된 게 원인으로 보였다.

아마 외국인 투수와 배터리를 꾸려 강한 공을 받음으로써 경험을 쌓게 하려는 의도로 보였다.

하지만 그게 지금 오히려 독이 되고 있었다.

*　　　*　　　*

—안타! 최재환 선수가 이어서 안타를 때려 냅니다!

—오선준 선수의 2루타! 호크스가 다시 1점을 따라붙으며 동점을 만들어 냅니다!

연속으로 자신의 공이 통타당해 점수를 내주자 데이비드의 얼굴이 시뻘겋게 달아올랐다.

그리고 임경혁 감독도 쓴웃음을 지으면서 고개를 가로저었다.

"아무래도 현성이의 볼 배합이 단조로운 모양이군."

"교체할까요?"

"도훈이로 교체합시다. 도훈아, 장비 챙기고 몸 풀어 둬라."

허도훈은 금방 장비를 챙기고 교체됐다.

그러자 상진의 얼굴에 슬쩍 웃음기가 떠올랐다.

"잘됐네요. 도훈이 형의 볼 배합은 우리가 대충이나마 알죠."

"그래도 저쪽 데이비드 투수의 구위도 장난 아니잖아."

홈런을 비롯해 2연속 안타를 맞자 상대 투수는 기어를 끌어올렸다.

그래서 아까 2연속 안타로 동점을 만든 후에는 패턴은 읽어내도 공에 밀려서 범타가 되기 일쑤였다.

"괜찮아요. 커트만 해내도 되니까."

"음? 뭔가 알고 있는 게 있어?"

"뭐, 불펜으로 주로 뛰다가 선발로 전환된 선수들의 고질적인 약점은 하나뿐이잖아요?"

지금 자신이 겪고 있는 문제이기도 했다.

상진은 쓴웃음을 지으면서 마운드 위에서 팔을 붕붕 휘두르는 상대 투수를 바라봤다.

"뭐라고 해도 데이비드 선수의 약점은 이닝 소화력이니까요."

타점이 높기는 해도 일단 타자당 투구 수가 조금 많은 편에 90구가 넘어가면 구위나 구속이 급격히 떨어진다.

상진은 그것을 누구보다도 잘 이해하고 있었다.

그리고 그런 약점을 어떻게 공략해야 하는지 이미 겪어 봤다.

"자, 그러면 어떻게 괴롭혀야 잘 괴롭혔다고 소문이 날까요?"

데이비드는 당혹스러웠다.

5회와 6회에 홈런을 포함해서 안타를 벌써 다섯 개나 얻어맞았다.

내준 점수도 벌써 4점이나 됐다.

영어로 구시렁거리면서 더그아웃으로 돌아온 그는 거칠게 글러브를 내던졌다.

"데이비드의 버릇이 파악된 걸까?"

"도훈이를 투입했는데도 이러는 걸 보면 다른 문제로 보입니다."

"다른 문제? 후우, 그런 건가."

임경혁 감독은 이내 고개를 끄덕였다.

저쪽 벤치에서는 바쁘게 타자에게 사인을 내고 있었다.

그것이 무엇을 의미하는지는 명명백백했다.

"투구 동작에 뭔가 버릇이 있었나?"

"있다고 해도 막상 경기에서 바로 캐치하고 활용할 만한 수준은 아닙니다. 만약 그랬으면 우리가 패넌트 레이스 시작하기 전에 캐치했겠죠."

"음, 그러면 매커니즘을 파악했다는 건데."

그럴 만한 투구 매커니즘이 눈에 띄지 않았다는 게 아이러니했다.

이쪽에서 파악하지 못한 패턴을 알아냈다는 사실에 약간 자존심이 상하기도 했다.

"할 수 없지. 6회까지 마치면 교대하지."

"그렇잖아도 투구 수가 벌써 90개를 넘겼으니까요."

투수를 교대하고 나면 불펜을 최대한 투입한다.

불펜진을 계속 교체해서 벌 떼 야구로 전환한다면, 지금보다 조금 더 나아지리라 생각했다.

하지만 그건 착각이었다.

—큽니다! 김대균 선수의 투 런 홈런이 작렬합니다!

—충청 호크스의 타선이 5회부터 불을 뿜어내기 시작합니다!

—한번 물꼬를 트니까 거침이 없네요. 투수 교체도 별다른 효과가 없군요.

—단숨에 점수 차이를 6점 차로 벌리는 충청 호크스! 8 대 2로 확실한 리드를 잡습니다!

상진의 데이터는 딱히 투수에게만 국한된 게 아니었다.

포수도 마찬가지로 분석하고 있었다.

그건 충청 호크스의 코치진도 똑같았다.

이주원은 외국인 선수가 올라와 있을 때는 외국인 투수에게 최대한 맞춰 줬다.

그런 성향은 나이대가 어린 투수들과 합을 맞출 때도 마찬가지였다.

'이대로 무너질 수는 없지.'

인천 드래곤즈의 목적은 분명했다.

자신에게 경기 하나를 넘겨주더라도 나머지 두 경기를 가져가 위닝 시리즈를 가져가겠다는 것.

오늘 경기에 등판하지 않는다고 해도 그걸 두 눈 뜨고 순순히 지켜봐야 할 수는 없었다.

"재환이 형."

"나도 알아. 저 녀석은 패스트볼을 요구하지 않아. 그렇지?"

"잘 아시네요."

이주원의 스타일이 투수에게 맞춰 주는 만큼 투수의 주력 구종을 공략했다.

일반적으로 투수들의 구종은 둘셋, 혹은 많아 봤자 네 개 정도다.

하지만 이상진처럼 고루고루 섞어서 쓰는 선수는 생각보다 적다. 대부분이 주로 패스트볼과 변화구 한두 개 정도를 섞어 썼다.

충청 호크스는 그 부분을 파고들었다.

—이정열! 좌중간을 크게 넘어가는 솔로 홈런!
—충청 호크스의 주장 이정열이 오늘 한 건 해냅니다!
—일주일 만에 터뜨리는 홈런! 시즌 10호를 쳐 냅니다!

정열의 정열 가득한 홈런이 그라운드를 가로질러 담장을 넘어감으로써 인천 드래곤즈는 추격 의지를 완전히 상실했다.

"제대로인데?"

"나이스!"

9회까지 추가로 점수를 내서 13점이라는 엄청난 점수를 낸 호크스의 사기는 오를 대로 올랐다.

경기가 끝나자 다들 가지고 있던 물을 뿌리면서 환호했다.

하지만 상진은 조금 더 냉정하게 상황을 파악하고 있었다.

'생각했던 것보다 김건태의 슬라이더가 날카로웠어. 그게 날아올 걸 알면서도 헛스윙을 할 정도니 꽤 위력적이라고 봐야겠지.'

함께 환호하면서도 상대 타자들만이 아니라, 투수들의 성향과 투구 동작까지 전부 머릿속에 집어넣었다.

'우승을 향하는 길을 걷는 건 이미 확정됐다. 그렇다면 부수적으로 할 수 있는 일을 해야겠지.'

그리고 상진은 자신이 무엇을 해야 하는가.

드디어 결정지을 수 있었다.

* * *

송신우 코치는 오랜만에 보는 정민우를 반갑게 맞이했다.

미국 메이저리그 구단에서 코치로 연수를 하던 민우는 보자마자 옛날 팀 선배인 신우를 격하게 끌어안았다.

"이야, 오랜만인걸?"

"잘 지내셨어요, 형? 코치로 복귀했다더니 살이 쏙 빠졌네. 이거 보약이라도 지어 먹여야겠는데?"

예전에 한 팀에서 함께 뛰었던 동료 사이인 둘은 오랜만에 얼굴을 보자마자 포옹을 하며 인사를 나누었다.

서로 근황에 대해서 이야기를 나누기 시작했지만 어느새 이야기는 야구로 흘러가고 있었다.

"상진이가 그렇게 잘하고 있다면서요?"

"놀라울 정도야. 우리 전성기 이상의 성적을 내고 있거든. 영상 본 적 없냐?"

"네. 미국, 그것도 메이저리그에서의 구단 운영 같은 걸 주로 공부하다 보니 한국 쪽 영상은 볼 일이 별로 없었거든요. 기사로는 이야기를 많이 들었지만요."

"한번 볼래?"

신우가 자랑스럽게 보여 주는 영상을 본 민우의 눈은 튀어나올 듯 커졌다.

말이 없어지고 중간중간 눈을 비비면서 집중했던 민우는 영상이 끝나자마자 크게 한숨을 토해 냈다.

"이게 상진이라고요?"

"네가 코치로 있을 시절하고는 비교가 안 되지?"

"미쳤는데요? 미국에서 코치 연수를 하면서도 이만한 투수는 손꼽을 정도예요."

민우는 코치 연수를 하며 메이저리그를 통째로 연구했었다.

그리고 그곳에 있는 선수들을 분석하면서 놀란 적이 한두 번이 아니었다.

지금 이상진의 투구를 보면 그때 봤던 메이저리그 정상급 선수들이 떠올랐다.

"그것 참. 아무리 봐도 믿을 수가 없단 말이죠."

"실제로 보면 더 믿을 수 없을걸?"

"구속은 150킬로미터 정도로 보이는데, 실제로는 얼마나 나와요?"

"150킬로미터 이상. 우완이라는 게 안타까울 정도의 구속이지."

"좌완이었다면 정말 좋았을 텐데 말이죠."

지옥에서 데리고 온다는 좌완 파이어볼러는 아니더라도, 평균적으로 150킬로미터 이상을 찍어 주고 있다.

송신우를 비롯해 충청 호크스의 코치진에게 아쉬울 건 없었다.

"문제는 계약이 1+1년이라는 거지."

"왜 더 제시하지 않았어요?"

"그 전에 성적은 너도 알잖냐."

그 말에 민우는 아차 하면서 고개를 끄덕였다.

여태까지 상진의 성적은 처참하기 그지없었다.

오죽하면 이번 FA 계약을 맺을 당시에도 팬들 사이에서 이야기가 많았겠는가.

물론 오랫동안 팀에서 궂은일을 도맡아서 해 줬던 걸 생각해서 1+1년 계약을 하긴 했다.

하지만 이렇게 좋은 성적을 거둘 줄 누가 알았겠는가.

"4년 계약하지 못한 걸로 위에서도 겁나 쪼더라."

"그 전의 성적을 보면 뭐라고 하지 못할 텐데요."

"내 말이 그 말이야. 아무튼 위에서도 상진이 잡을 생각에 전전긍긍하고 있어."

"플러스 1년은 당연히 발동하겠죠."

1년 더 붙잡지 않는다면 무슨 욕을 얻어먹을지 상상도 할 수 없었다.

그것보다 구단에서는 1+1년이 전부 끝난 후도 걱정하고 있었다.

처음에 트레이드 운운하던 것을 생각하면 구단의 태도는 180도 바뀌었다.

"너도 코치로 올 생각 없냐?"

"코치요? 가 봤자 다른 코치들이 잘하고 있잖아요. 저는 조금 더 공부하면서 지내는 게 편해요."

신우는 단호하게 말하는 민우의 말에 어깨를 으쓱하고는 더 말을 하지 않았다.

자신보다 몇 살 어리긴 해도 단호할 땐 단호하고 직설적인 후배였다.

이렇게 딱 잘라 말하면 하늘이 무너져도 듣질 않았다.

"그런데 상진이 이놈은 어떻게 바뀌었을까요?"

"연습량이 어마어마하던데? 듣자하니 메디컬 체크 때 부상 부위가 거의 완치됐다고 하더라."

"완치요? 신이 와도 못 고친다고 얘기했던 그 부상이?"

메디컬 체크라면 대충 눈속임으로 넘어갈 수 있는 수준이 아니다.

칼을 대지 않고 선수의 몸을 해부한다고 해도 좋을 수준으로 온갖 검사를 다 하기에 믿을 수 있는 데이터였다.

그런데 팔꿈치와 어깨, 고관절의 부상이 전부 완치됐다니.

"믿을 수가 없네요."

"나도 믿을 수 없었어. 하지만 혹시나 해서 해 본 검사에서 나온 결과야."

"하지만 그렇게 생각해야 지금의 활약이 납득은 되네요. 본인은 뭐라고 해요?"

"뭐라고 하긴. 경기에 못 나가서 안달이지. 게다가 먹는 건 엄청 먹는다. 하루에 계란을 한 판이나 해치운 적이 있어."

"식사 대신으로요?"

"아니, 간식으로."

그 말에 민우는 웃음을 터뜨리고 말았다.

단백질을 보충하고 근육을 키우기 위해 삶은 계란이나 육포를 입에 달고 다니는 건 메이저리그에서도 자주 봤다.
하지만 식사 대용이 아니라 간식으로 먹는다는 소리는 처음이었다.
"못 믿겠지? 그런데 이놈이 진짜 엄청 먹어 댄다. 감당이 안 될 정도야."
"언젠가 한번 꼭 보고 싶네요."

*　　　*　　　*

선발투수가 됨으로써 상진은 많은 걸 얻었다.
그중 하나가 바로 기회였다.
언제 어떤 상황에서 등판할지 모르는 불펜보다는, 정확한 일정과 확실한 루틴으로 최상의 컨디션을 만들 수 있게 됐다.
그리고 조금 더 높은 곳을 향할 수 있게 됐다.
'상대를 분석하고 행동을 예측한다.'
그동안 자주 해 왔던 일이었다.
하지만 지난번 투구 수를 절약하기 위해 다른 방식으로 공을 던졌던 이후로 상진은 조금 더 바뀌었다.
그동안은 상대방이 싫어하는 코스에 싫어하는 구종을 주로 던졌다면, 이번에는 조금 달랐다.
상대방이 좋아하는 코스에 공을 넣으면서도 약간씩 변화를 주어 배트를 나오도록 유도하는 기술.
그걸 터득하고 있었다.

"오늘 등판은 잘 준비했냐?"

구장에 들어온 상진을 반기며 한현덕 감독이 넌지시 말을 걸어왔다.

"그럭저럭 했죠. 그나저나 팬들이 참 많이 기다리고 있네요. 아직 경기 시작하려면 한참 남았는데."

"다 너를 보러 온 거지. 호크스의 희망이라고 하잖냐."

입구에서부터 미리 대기하고 있던 팬들에게 기습을 당해 사인을 엄청 해 주고 들어왔다.

루틴을 망가뜨리거나 팔에 무리가 갈 정도는 아니지만, 무척이나 신경 쓰이는 대목이었다.

특히 요새 주가를 올리며 리그 최고의 투수로 거듭난 상진이다.

애지중지하는 것만으로도 부족했다.

"오늘도 경기는 너한테 맡긴다."

"음, 감독님. 오늘은 좀 공격적으로 나가도 될까요?"

"어차피 늘 공격적이지 않았냐. 아직 연차가 적은 녀석들이 너만큼 스트라이크존을 적극적으로 공략했으면 좋겠다."

젊은 투수들은 공격적인 투구를 주문해도 막상 마운드에 올라가면 새가슴이 되곤 했다.

스프링 캠프 때나 시범 경기 때는 성적에 포함이 되지 않으니 마음 놓고 던졌지만, 막상 패넌트 레이스가 시작되면 벌벌 떨기 일쑤였다.

상진도 그랬던 경험이 있었던지라 쓴웃음을 지으며 고개를 끄덕였다.

"그거야 제구가 되는 애들은 경험이 좀 쌓이면 어떻게든 되겠죠. 그러면 오늘은 보다 공격적으로 나가는 거, 허락해 주신 걸로 알게요."

대충 이야기를 마치고 훈련을 하러 가는 상진의 뒷모습을 보면서 어처구니가 없었다.

아까도 얘기했지만 다른 투수들은 투 스트라이크를 잡으면 유인구를 던져 공을 하나 빼기 일쑤였다.

하지만 상진은 적극적으로 카운트를 잡으려고 했다.

"저놈이 대체 어떤 식으로 던질려고 하길래 평소보다 더 적극적으로 던진다는 거지?"

도통 이해할 수 없었다.

그리고 그걸 이해하게 된 건 경기가 시작하고 3회가 됐을 때였다.

—이상진 선수가 3회까지 삼진을 7개 잡아냈습니다!

—무서울 정도의 공이네요. 평소에도 날카롭게 제구되면서 스트라이크존 구석구석을 찔러 넣는 공이었는데 오늘은 한층 더 매섭습니다.

—단 한 번의 출루도 허용하지 않는 이상진 선수!

처음에는 힘껏 응원을 하던 더그아웃에서는 더 이상 소리조차 나오지 않았다.

야유를 하면서 타자들을 응원하던 광주 내셔널스의 더그아웃에서도 침묵이 흘렀다.

뭐라고 입을 여는 순간 절망이 터져 나올 것만 같았다.

양쪽 팀의 선수들을 입 다물게 만든 상진은 아무런 표정 변화 없이 마운드에서 내려왔다.

"엄청나군."

더그아웃으로 돌아오는 상진을 보며 현덕은 감탄을 터뜨렸다.

공격적으로 한다더니 이건 평소보다도 더했다.

"삼진 쇼라니."

제대로 공에 손을 대 본 타자가 둘뿐이었다.

그나마도 둘 다 전부 내야조차 벗어나지 못하는 플라이였다.

하지만 상진은 여전히 침착하고 감정의 편린조차 보이지 않는 얼굴이었다.

"후우, 후우."

4년 정도 함께 있었을 뿐이었지만, 팀 선배였던 유형진이 남긴 인상은 강렬했다.

그리고 메이저리그에서 경쟁하며 성공 가도를 달리고 있었다.

올해도 벌써부터 사이 영 상 후보로 거론되며 미국 전역에 있는 야구팬들의 관심을 한 몸에 받고 있었다.

'메이저리그, 그곳에 가기 위해서는 일단 유형진 선배만큼의

퍼포먼스를 보일 필요가 있다.'

그만큼의 퍼포먼스로 적당한 건 성적만 한 게 없었다.

그가 메이저리그에 갈 수 있었던 건 그만한 내구도와 실력을 증명했기에 가능했다.

'유형진 선배가 해낸 걸 나도 해낸다면 나도 어느 정도 스카우터들의 관심을 받을 수 있겠지.'

FA 계약조차도 계약금과 연봉 보장 없이 오로지 성적으로만 맺은 상진이었다.

메이저리그로 가기 위한 발판으로서 성적을 쌓아 간다는 것도 크게 다르지 않았다.

한국 야구를 제압하고 날고 긴다는 선수들을 전부 무릎 꿇린다.

그것만이 최고로 가는 최선의 지름길이었다.

상진의 투심 패스트볼은 오늘도 타자를 철저하게 농락했다.

이명구의 배트는 예리하게 꺾어 들어오는 슬라이더에 허공을 갈랐다.

"스트라이크!"

"젠장!"

다음 타석에서 철저하게 대비하고 공의 변화를 따라가려 애를 썼다.

하지만 슬라이더와 비슷한 궤적을 그리면서도 조금 덜 꺾이는 투심의 윗부분을 때렸다.

땅볼이 된 공은 그대로 1루로 향했고 아웃 카운트의 붉은 불을 하나 더 띄웠다.

다음에 나온 김선민도 마찬가지였다.

"스트라이크!"

"스트라이크!"

"스트라이크! 타자 아웃!"

헛스윙만 세 번을 하고 삼진으로 돌아선 김선민의 얼굴은 시뻘겋게 달아올랐다.

처음에는 바깥쪽으로 빠지는 슬라이더가 배트 끝을 스쳤다.

두 번째에는 아래로 뚝 떨어지는 체인지업에 허공을 갈랐다.

그리고 마지막에는 몸 쪽 깊숙하게 들어오는 커브를 그저 바라볼 수밖에 없었다.

하나하나가 위력적이었고 어떻게 손써 볼 도리가 없었다.

"으아! 썅!"

완벽하게 속아 넘어갔다.

아까도 삼진으로 물러났던 선민은 분을 참지 못하고 유니폼에 얼굴을 묻은 채 고함을 질러 댔다. 그걸 보면서 김기택 감독은 잔뜩 굳은 얼굴로 고개를 가로저었다.

"오늘 이상진 탈삼진 몇 개째지?"

"그러니까… 조금 전에 선민이가 잡히면서 8개째가 됐습니다."

"무서울 정도네. 유형진이 메이저리그에 갔을 때 저런 투수가 또 있을까 싶었는데."

설마하니 저렇게 압도적인 모습을 보여 주는 투수가 또 등장할 줄은 몰랐다. 그것도 똑같은 충청 호크스에서 나올 줄이야.

저런 에이스급 투수가 흔하지는 않다. 같은 팀이 아니라는 게 정말 아쉬울 정도로 탐나는 투수였다.

"스트라이크! 타자 아웃!"

그리고 9번째 삼진이 들어가며 4회가 끝나 버렸다.

단 한 번의 볼넷도 없고, 단 한 번의 안타도 내주지 않았다.

퍼펙트 피칭.

오늘의 이상진은 타자를 압도하다 못해 씹어 먹고 있었다.

[사용자: 이상진]

—체력: 94 / 100

—제구력: 94 / 100

—최고 구속: 시속 154킬로미터

—평균 회전수: 2,387RPM

—보유 구종: 포심 패스트볼(A), 커브(A), 슬라이더(A), 체인지업(A), 투심 패스트볼(B)

—보유 스킬: 먹어서 남 주냐, 먹을 때는 개도 안 건드린다, 일찍 일어나는 새가 먹이도 많이 잡는다, 둘이 먹다가 하나 죽어도 모른다

—남은 코인: 2

[타자를 아웃시켰습니다. 48포인트가 지급됩니다.]

[포인트 상한 달성으로 1 코인이 지급됩니다.]

상진은 조용히 시스템 창을 끌어내리고 다음 타자를 바라봤다.

*　　　*　　　*

"이상진이?"

기자들도 바쁘게 움직이고 있었다.

평소에도 매우 공격적이었지만 타자들의 심리를 읽고 땅볼로 유도하는 일도 서슴지 않았던 이상진이었다.

그런데 지금 대전에서 삼진 쇼를 벌이고 있다는 소식에 부랴부랴 채널을 돌리고 있었다.

"4회가 방금 끝났는데 9개?"

"벌써? 투구 수는? 이제 60개네?"

평소부터 이상진을 주의 깊게 지켜보던 김명훈도 바쁘게 노트북을 두드리고 있었다.

미리 기사를 써 놓으면서 그는 연신 입가에 미소를 띠고 있었다.

개인적으로 이상진을 응원하던 그였다.

상진은 충청 호크스에서 선발과 불펜을 가리지 않는 마당쇠였다.

혹사로 부상을 당해 1년 가까이 재활을 했음에도 불사조처럼 부활해서 최고의 투구를 보여 주고 있었다.

"지금! 지금 대전 경기 어떻게 되고 있냐?"

"4회 말에 호크스가 공격하고 있어요!"
"이상진은?"
"당연히 더그아웃에서 어깨 보호하고 있죠."
"현장에는? 오늘 대전에는 지현이가 나가 있나?"
현장에 나가 있는 기자들 못지않게 사무실에 남아 있는 스포츠 기자들도 바쁘게 움직였다.
바쁘게 키보드를 놀리며 올릴 기사를 준비하던 명훈은 옆에 있던 커피를 쭉 들이켜면서 컴퓨터 옆에 켜 놓은 화면을 돌아봤다.
충청 호크스는 두 명의 타자가 출루했어도 후속타가 터지지 않았다.
"이제 이상진이 다시 등판하겠군."
이어폰을 끼고 중계를 들으려던 명훈은 순간 경기장이 왠지 조용하다는 생각에 다시 시선을 옮겼다.
눈에 들어온 건 이상진이 마운드에 올라가는 모습이었다.

—이상진 선수가 5회에도 등판합니다.
—이제 삼진을 하나만 더 잡으면 데뷔 이후 처음으로 한 경기에 두 자리 수 탈삼진을 기록하게 됩니다!

아나운서의 목소리를 들으면서 명훈은 자신도 모르게 마운드에 올라온 이상진에게 집중했다.
아니, 집중하게 됐다.

아마 자신뿐만이 아니라 대전 호크스 파크에 있는 선수들과 관중들도 모두 같은 심정일지도 모른다.

그건 야구장에 있는 사람들만이 아니라 사무실에 있는 사람들도 마찬가지였다.

어느새 사무실도 고요해져 있었다.

"스트라이크!"

지금 그들은 모두 이상진, 단 한 사람에게 압도되고 있었다.

*　　　　*　　　　*

내셔널스의 4번 타자 최형오.

그는 지금 상대 투수를 눈앞에 두고 짜증스러운 표정을 짓고 있었다.

하필이면 자신의 차례에서 10번째 삼진을 잡아내려고 표독스럽게 이쪽을 노려보는 투수가 못마땅했다.

그래서 그는 공을 향해 힘껏 배트를 휘둘렀다.

"파울!"

그래도 아까처럼 허무하게 무너질 생각은 없었다.

어떻게든 이를 악물고 물고 늘어져야 했다.

"파울!"

일이 마음대로 되지 않았다.

이상진은 자신을 정확하게 읽고 어려운 코스를 공략해 들어왔다.

어떻게든 본능적으로 두 번이나 공을 커트해 내긴 했다.

하지만 두 개의 공을 전부 커트해 냄으로써 돌아온 건 투 스트라이크 노 볼이라는 불리한 카운트였다.

"이런 썩을!"

두 자릿수 삼진의 희생양이 되고 싶은 생각은 추호도 없었다.

타석에서 그답지 않게 볼멘소리를 내며 형오는 배트를 고쳐 쥐었다.

평소보다 훨씬 공격적으로 카운트를 잡으러 들어온다는 건 이미 눈치채고 있었다.

그래서 최대한 집중하며 공 하나하나에 적극적으로 치려고 노력했다.

하지만 지금 나온 건 형오에게 불리한 상황뿐이었다.

"파울!"

또다시 커트해 내면서 생명줄을 끝까지 부여잡았다.

어떻게든 여기에서 치고 나가야 했다.

"파울!"

또다시 파울을 쳐 내자 옆에 앉아 있던 재환이 질린다는 듯 웃음을 터뜨렸다.

"끈질기시네요?"

"너라면 삼진 10개째의 주인공이 되고 싶겠냐?"

"당연히 아니죠. 그래도 줄 수밖에 없을걸요?"
지나가듯 잡담을 나눈 형오는 다시 마음을 다잡았다.
이번에는 바깥쪽으로 빠지는 공을 골라냈다.
"볼!"
내셔널스가 바로 코앞에 마주하고 있는 문제는 파울도 아니고 카운트도 아니고 두 자릿수의 삼진도 아니었다.
다들 이상진의 삼진 쇼에 눈이 돌아가 있는 지금, 형오만이 기를 쓰고 안타를 치고 출루하려 하고 있었다.
'지금 문제는 삼진이 아니라 퍼펙트게임이란 말이다!'

* * *

선발이 되면서 얻은 것 중 하나가 바로 가장 많은 이닝을 소화할 수 있는 권리였다.
많은 이닝을 소화할 수 있게 되며 상진은 한국 야구에 선구자들이 남긴 기록에 본격적으로 도전할 수 있었다.
지금도 방어율과 함께 여러 기록에 손을 뻗고 있었다.
'메이저리그에 가려면 가시적인 무언가가 필요하다.'
그것이 바로 기록이었다.
실력으로 한국 프로 야구에 족적을 남기겠다는 건 그런 의미도 있었다.
오늘 벌이고 있는 삼진 쇼도 그런 의미에서였다.
실력을 보여 주기 위해서는 무엇보다 돋보여야 했다.

하지만 유형진을 비롯해서 과거 메이저리그에 진출한 선수들과 똑같은 퍼포먼스를 보일 생각은 없었다.

적어도 그 이상의 모습을 보여 주고 싶었다.

"스트라이크! 타자 아웃!"

—이상진 선수가 10번째 삼진을 잡아냅니다!

—팀 선배이자 현재 메이저리그에서 뛰고 있는 유형진 선수가 2010년에 세운 한 경기 최대 탈삼진 기록이 17개였죠?

—오늘 이상진 선수가 5회가 시작하자마자 10개를 잡아내며 그 기록에 한 걸음 더 다가갑니다!

—9회까지 던진다고 치면 남은 타자는 열네 명입니다. 과연 그 중 절반의 삼진을 잡아낼 수 있을 것인가!

최형오를 삼진으로 돌려세운 상진은 가볍게 숨을 고르며 마음을 가라앉혔다.

자신의 가장 큰 무기는 구속이나 구위가 아닌, 머리를 굴려 타자의 심리를 읽는 수 싸움이다.

그걸 위해서 가장 중요한 건 언제나 냉정함을 유지하는 일이었다.

[경고: 투구 수가 70을 돌파하여 체력이 10 하락합니다.]

상진은 짜증스러운 얼굴로 시스템 메시지를 옆으로 밀어 버리며 타자를 노려봤다.

상대 타자가 타석에 들어서자 포인트가 표시됐다.

요 근래의 성적이 반영됐는지 지난번보다는 훨씬 줄어 있었다.

[상대방의 포식 포인트가 표시됩니다.]

[타자의 포인트는 54입니다.]

광주 내셔널스의 필립을 보며 지난번을 떠올려 봤다.

자신을 꽤 괴롭혔던 타자라 아직도 기억이 생생했다.

하지만 요새 교체설이 솔솔 흘러나오고 있었다.

한국 적응에 실패했는지, 아니면 실력이 고만고만했던 건지는 몰라도 최근 10경기 동안 안타는 고작 3개.

시즌 초에 잘나가다가 요새 타율이 2할 초반대까지 추락하기까지 했다.

그나마 삼진으로 물러난 것도 네 번뿐이라는 점이 낫긴 했지만 39타석 동안 3안타라는 건 내셔널스의 인내심을 한계까지 몰아넣고 있었다.

무엇보다 시스템에 표시되는 포인트가 그걸 증명해 주고 있었다.

'적응을 못 했으면 이제 돌아가야지?'

다리를 들어 올렸다가 내려찍으며 상진은 힘껏 팔을 휘둘렀다.

어차피 여태까지 나간 주자는 아무도 없다.

와인드업을 하며 전력으로 던진 공은 여태까지 던진 그 어떤 공보다 빠르게 날아갔다.

섬광처럼 포수 미트에 꽂힌 공.

그리고 이제는 그다지 낯설지 않은 숫자가 전광판에 아로새겨졌다.

[154km/h]

훨씬 더 위력적으로 변한 패스트볼이 날아와 스트라이크존 안에 꽂히자 필립의 얼굴빛이 어두워졌다.

방금 전의 공은 보고 있으면서도 칠 수 없었다.

요새 타격감이 좋지 않아 위축이 된 것도 하나의 이유였다.

하지만 근본적으로는 필립 자신이 이 공을 칠 수 없다는 본능적인 예감이 들어서였다.

'퍼킹! 미치겠군.'

예전과 다르게 다음 공이 뭐로 올지 감도 잡을 수가 없었다.

떨어진 타격감과 자신감의 문제도 있었다.

하지만 무엇보다 이상진에게서 느껴지는 압박감이 상상 이상이었다.

미국에 있을 때 여행하다가 우연히 마주친 곰을 보는 듯한 기분이었다.

침을 꿀꺽 삼키면서 필립은 배트를 쥔 손에 힘을 더했다.

"스트라이크!"

바깥쪽으로 날아온 패스트볼에 또다시 배트가 허공을 갈랐다.

헛스윙을 한 배트를 회수하며 다시 자세를 잡은 필립은 여전히 자신감 없는 얼굴이었다.

그걸 이상진이 놓칠 리 없었다.

멀리 타석에 서 있는 필립의 표정이 좋지 않음을 발견하자마자 장난스러운 얼굴로 재환의 사인에 고개를 끄덕였다.

"스트라이크! 타자 아웃!"

조금 전에 봤던 150킬로미터의 패스트볼을 너무 경계해서일까.

느릿느릿하게 날아오면서 떨어지는 체인지업에 꼼짝없이 당하고 말았다.

가만히 놔뒀으면 볼이 됐을 공에 배트가 나가 헛스윙 삼진을 당한 필립의 얼굴은 끔찍할 정도로 구겨졌다.

—필립 선수가 떨어지는 공에 꼼짝없이 당합니다!

—이걸로 오늘 탈삼진 11개를 기록합니다! 관중들도 동료들도 상대 팀까지! 모두 숨을 죽이고 오늘 대전 호크스 파크에서 벌어지는 삼진 쇼를 지켜보고 있습니다!

—필립 선수로서는 안타깝네요. 요새 성적이 좋지 않아 교체설이 돌고 있는데 오늘 이상진 선수가 못을 박는군요.

—5회까지 퍼펙트 피칭을 이어 가는 이상진 선수! 오늘 어디까지 이어 나갈지 기대됩니다.

퍼펙트게임이나 노히트노런은 한 번도 생각해 본 적이 없었다. 그런 건 어쩌다가 걸리는 로또 같은 거라고 생각하고 있었다.

그래서 전혀 고려하지 않고 던지고 있던 상진은 5회를 마무리 짓고 더그아웃으로 향했다.

"음?"

아까까지만 해도 웃고 떠들던 동료들이 자신을 슬쩍 외면하기도 하고 말을 걸지도 않았다.

뭔가 이상하다 싶어서 고개를 두리번거리던 상진은 후배 포수인 지성환과 눈이 마주쳤다.

자신과 눈을 마주치니 성환은 무척이나 허둥거리다가 기록지를 가리켰다.

그걸 들여다본 상진은 그제야 자신이 퍼펙트게임을 기록 중이란 걸 깨달았다.

"아하!"

동료들의 태도를 이해함과 동시에 쓴웃음을 지으면서 어깨를 으쓱거렸다.

퍼펙트게임, 혹은 노히트노런을 기록 중일 때, 투수에게 섣불리 말을 걸거나 다가가지 않는 건 불문율이었다.

자신의 집중력을 깨뜨리지 않기 위해 팀 동료들이 배려해 주는 것이었다.

하지만 상진은 그게 딱히 마음에 들지 않았다.

그 이유는 다음 이닝에 수비를 하러 올라갈 차례가 됐을 때 확인할 수 있었다.

'다들 부담감 가득한 얼굴이네.'

오늘 삼진 쇼를 벌이고 있기는 했어도 타자들이 공을 아예 못 맞히는 건 아니었다.

슬쩍 슬쩍 건드리는 공들은 지체 없이 내야를 꿰뚫을 듯 뻗어 나왔다.

야수들은 그걸 캐치해서 실책 없이 아웃을 시켜 줘야 한다.

그런데 다들 퍼펙트게임, 혹은 노히트노런을 의식하다 보니 부담이 가득한 표정을 짓고 있었다.

상진은 손짓을 해서 야수들을 전부 불러보았다.

"왜 그래? 무슨 일 있어?"

열심히 퍼펙트를 기록하고 있던 상진이 부르자 다들 무슨 일인가 싶었다.

상진은 팀 동료들을 둘러보면서 장난스럽게 웃었다.

"자자, 다들 뭘 그렇게 굳어 있어요? 퍼펙트라는 대기록을 함께 하는 게 너무 영광스러워서 그래요? 오줌 마려우면 화장실이라도 다녀와요. 아니면 똥이 마려운 건가?"

늘 그렇듯 약간 놀리는 기색이 가득한 말에 다들 발끈하는 얼굴이 됐다.

"인마, 그러면 긴장하지, 안 하겠냐?"

"쯧, 내 들러리가 되는 게 그렇게 긴장될 일이에요? 다들 간이 작아도 너무 작으시네."

대기록의 들러리라니, 간이 작다느니, 하는 말을 쉽게 넘길 수는 없었다.

상진은 모두의 얼굴이 변하는 걸 보자마자 씩 웃으면서 어깨를 으쓱거렸다.

"그럼 한번 해 보자구요. 퍼펙트니 나발이나 그런 거 신경 쓰지 말고 오늘은 이기는 데 집중해 봐요. 자꾸 그러면 일부러 볼넷 줄 겁니다?"

"저희더러 기록을 망치라고요? 말도 안 되는 소리 하지 마세요."

"어디 퍼펙트 기록해 보자. 오늘만 날이냐? 오늘도 하고 다음 등판도 해 봐, 자슥아."

마음에도 없는 소리였지만 팀 동료들을 고무시키기에는 충분했다.

퍼펙트게임을 의식해도 모자를 사람이 바로 상진이었다.

그런데 오히려 그런 거 신경 쓰지 말고 이기는 데 집중하자고 한다.

"아, 덤으로 실책하는 사람은 저한테 밥을 쏘셔야 해요."

"벌칙 치고 좀 심한 거 아니냐? 안 그래도 요새 구단 직원들이 울상이던데? 돈 많이 나간다고."

"그것보다 상진이 형, 형한테 준 법인 카드가 한도 초과 됐다는 게 사실이에요?"

얼마 전에 구단이 이상진에게 준 법인 카드가 한도를 초과했다는 이야기가 돌았다.

순수하게 식비를 지원하기 위해 준 카드였고, 내역을 증명하기 위해 구단에서 영수증도 전부 관리했다.

그럼에도 단순히 먹을 것만으로 천만 원에 가까운 한도를 한 달도 안 돼서 거덜 낼 줄은 아무도 예상하지 못했다.

"오늘 이기면 말해 줄게. 자, 가자!"

"이야압!"

"오늘 퍼펙트로 끝내면 상진이가 내일 치킨 1인당 한 마리씩 쏜단다!"

"정열이 형! 누가 그랬다고 그래요!"

야수들은 낄낄거리면서 얼른 내야와 외야로 흩어졌다.

자신을 피해서 사방팔방으로 흩어지는 동료들을 바라보던 상진도 마운드로 향했다.

그 뒷모습을 보면서 감독은 웃음을 터뜨렸다.

"중간에서 선수들을 독려하는 건 참 잘하네."

"정열이도 애들을 잘 대해 주지만 아무래도 묵묵하고 착한 리더십이죠."

"그래. 팀에는 저렇게 약간 도발적이고 장난스러운 리더십도 필요한 법이야."

"내년에는 상진이를 주장으로 해 보는 것도 고려해 보면 어떨까요?"

"글쎄다."

한현덕은 마운드에서 와인드업을 하며 강력한 공을 뿌리는 상진의 모습을 물끄러미 봤다.

몇 년 전에도 느껴 봤던 감각이었다.

그동안 알껍데기 속에 갇혀 있던 새가 드디어 껍질을 깨고 밖으로 나왔다.

하지만 날갯짓을 하려면 시간이 조금 더 걸릴 것이다.

그때가 되면 과연 한국 프로야구가 그 날갯짓을 감당할 수 있을까.

"그놈하고 너무 닮았어."

왠지 모르게 마운드에 서 있는 이상진에게서 메이저리그로 떠난 후배 유형진의 향기가 났다.

*　　　*　　　*

몸 쪽에 기가 막히게 틀어박히는 공을 하나 집어넣었다.

타자는 그 공에 반응하지 못하고 그대로 삼진을 당했다.

그다음에 올라온 타자는 몸 쪽으로 들어오는 공을 경계하다가 바깥쪽으로 빠지는 공에 헛스윙을 했다.

'수 싸움은 구종으로만 하는 게 아니다.'

누가 해 준 말인지 정확하게 기억나진 않았다.

하지만 그 말이 옳다는 데 동의했다.

그렇지 않다면 패스트볼과 슬라이더만 던지는 투 피치 투수들이 살아남는 게 말이 되지 않는다.

조용히 마음을 가라앉히고 집중했다.

지금 이 순간만큼은 퍼펙트게임도, 노히트노런도, 두 자리 수 삼진도 의식하지 않았다.

구속, 구위, 제구.

상진은 눈앞에 있는 타자를 상대하기 위해 최고의 기량을 선보이는 데 집중하고 있었다.

"스트라이크! 타자 아웃!"

다시 한번 상진의 공이 포수 미트를 파고들며 경쾌한 소리를 냈다.

그리고 상진은 두 주먹을 불끈 쥐며 포효했다.

*　　　*　　　*

—이상진 선수가 7회를 마무리하고 마운드에서 내려갑니다!

—단 하나의 안타도! 볼넷도 허용하지 않고 퍼펙트게임을 이어 나가고 있습니다!

—이것으로 16개 삼진! 2010년에 유형진 선수가 세운 기록에 한 걸음 더 다가섭니다!

—삼진을 하나만 더 잡는다면 과거 팀의 선배였던 유형진과 타이기록을 세우게 됩니다!

삼진을 잡으려고 들어가는 투구는 언제나 스트라이크존을 통과한다.

물론 유인구를 쓸 때도 있긴 해도 대부분이 존 안으로 들어가는 만큼 타자들이 커트해 내는 것도 조금 더 손쉬웠다.

[경고: 투구 수가 90을 돌파하여 체력이 10 하락합니다.]

이제 7회가 끝나자 상진은 조용히 삼진 개수를 세어 봤다.

전부 해서 16개.

유형진이 세웠던 한 경기 최다 삼진은 17개였다.

8회에 등판해서 하나를 더 잡는다면 타이.

두 개를 더 잡는다면 새롭게 기록을 세우게 된다.

다만 하나 아쉬운 점이 있었다.

'지난번처럼 9회까지 전부 던지는 건 무리일려나.'

지난번 완봉승을 거뒀을 때보다 공격적인 투구 때문인지 체력의 소모가 조금 빨랐다.

솔직히 말해 퍼펙트게임이나 노히트노런이 탐나지 않는 건 아니었다.

냉정하게 생각한다면 자신의 체력은 9회까지 받쳐 주지 못한다.

그래도 끝까지 던져 보고 싶었다.

자신의 한계를 시험해 보고 싶었다.

더그아웃으로 돌아왔지만 감독으로부터는 아무 말도 없었다.

자신이 더 던지고 싶다면 그 의견을 존중하겠다는 것과 같은 태도에 감사를 표하며 상진은 상대 팀 더그아웃을 노려봤다.

굴속에 숨어 있는 토끼를 보는 맹수의 시선이었다.

"오늘 상진이 집중력이 장난 아닌데?"

"으으. 오늘 실책이라도 하면 어떻게 될지 상상도 안 간다."

"언론에서 무시무시할 정도로 물어뜯겠죠?"

"언제는 안 물어뜯겼냐? 그런 거 무서워할 시간에 긴장이나 풀지 마라."

퍼펙트게임.

전광판에 아로새겨져 있는 0의 행진은 전율스러웠다.

그 영광의 순간을 함께하고 있다는 점에서 충청 호크스의 선수들도 약간씩 흥분하고 있었다.

"점수도 벌써 4점이나 나 있고. 여유 있게 이기겠는걸?"

"그러면 오늘 대기록이 세워지느냐가 관건일까?"

상대 팀인 내셔널스도 호크스와 똑같이 대기록의 탄생을 의식하고 있었다.

문제는 저쪽은 주인공이 되고, 이쪽은 희생양이 된다는 점이었다.

"젠장! 볼넷이라도 하나 얻어 내 보란 말이다!"

결국 더그아웃에서 폭발한 김기택 감독은 온갖 말을 쏟아 내며 선수들을 윽박질렀다.

하지만 선수들로서도 할 말이 없었다.

허를 찔러와도 너무 정확하게 찔러 오는 이상진의 공을 어떻게 할 능력은 그들에게 없었다.

정말 운이 겹치지 않는 한.

딱!

너무 빗맞았다.

슬라이더를 노리다가 투심을 걷어 올린 공은 힘없이 허공에 떠올랐다.

살짝 내야를 벗어나는 공은 여유롭게 허공을 비행하다가 땅에 툭 떨어졌다.

중견수와 우익수와 2루수.

셋의 사이에 떨어진 공을 보며 양 팀 선수단은 전부 굳어 버렸다.

—내셔널스의 박찬헌 선수가 터뜨린 행운의 안타!
—너무 애매한 위치로 떨어져서 세 선수가 서로 머뭇거렸던 게 문제였네요.
—이것으로 이상진 선수의 퍼펙트게임과 노히트노런이 동시에 날아갑니다!

* * *

마운드 중간에 서 있던 상진은 아무 말도 없었다.
그저 발끝으로 투구 플레이트를 툭툭 건드리며 로진백을 만지작거릴 뿐이었다.
하지만 그만큼 무서운 광경은 따로 없었다.
"괜찮냐?"
마운드에 올라온 재환이 토닥여 주며 말을 걸었어도 상진은 별다른 표정 변화가 없었다.
무표정한 얼굴에서 풍겨 나오는 냉막함은 바로 앞에 있는 재환의 숨을 턱 막히게 만들었다.
"후우, 괜찮아요."
"그래. 이번 이닝도 확실하게 마무리 짓고 내려가자. 너무 흔들리지 말고."

무슨 일이 있어도 언제나 웃음을 잃지 않았던 상진이었다.
그런데 평소에도 말이 많고 수다스러운 입이 꾹 다물어진 것이 오히려 소름끼쳤다.
재환은 걱정스러운 마음에 제자리로 돌아오면서도 두어 번 더 뒤를 돌아봤다.
'이놈이 정말 괜찮을까. 너무 진지한 표정인데.'
걱정을 하면서 재환은 가볍게 가랑이 사이로 손을 내려 사인을 보냈다.
지금 광주 내셔널스는 노히트노런과 퍼펙트게임, 양쪽을 전부 깨뜨려서 기세가 올라 있었다.
퍼펙트를 이어 가다가 끊어진 지금, 연속해서 안타를 맞는다고 해도 전혀 이상하지 않았다.
평소에 잘 던지던 녀석이었던 만큼 지금 같은 상황에서 오히려 더 불안했다.
하지만 그건 기우였다.
"스트라이크!"
손이 아려올 정도의 구위가 8회에도 펼쳐지고 있었다.
배트를 휘두른 내셔널스의 타자도, 공을 받아 낸 재환도 당황스럽기는 마찬가지였다.
조금 전에 퍼펙트를 이어 가던 때와 별다르지 않은 공이었다.
아니, 오히려 구속과 구위가 더 올라간 듯싶었다.
'처음부터 노리고 기록하던 건 아니었지만, 깨지니까 화가

나네.'

처음부터 유형진 선배의 한경기 최다 삼진 기록을 경신하는 게 오늘의 목적이었다.

하지만 퍼펙트게임을 이어 나가면서 조금씩 욕심이 생겼었다.

퍼펙트게임이나 노히트노런은 운까지 따라 줘야지 얻을 수 있는 기록이라는 건 알고 있었다.

하지만 머리로 이해하는 것과 가슴으로 받아들이는 건 전혀 다른 법.

한순간에 깨져 나가니까 실망하거나 흔들린다기보다 화가 치밀어 올랐다.

'화가 나면 화풀이를 해야지.'

물론 화풀이에 좋은 대상이 눈앞에 있다.

잠시 눈을 감았다가 뜬 상진은 마음속에 있는 분노를 끌어내어 공에 담았다.

"스트라이크!"

투 스트라이크.

볼로 들어갈 거라고는 티끌만큼도 생각하지 않았다.

그저 포수의 미트를 보고 주고받은 사인대로 공을 던지는 데 최대한 집중했다.

퍼펙트게임이건, 노히트노런이건 상진은 실패한 것을 괘념치 않았다.

처음부터 정해 놓은 목표는 아직 남아 있었다.

화풀이는 그저 지나가던 길에 추가된 것일 뿐.
"스트라이크! 타자 아웃!"
이것으로 유형진 선배와 타이기록을 이뤄 냈다.

『먹을수록 강해지는 폭식투수』 2권에 계속…